다정한 사신은
너를 위한
거짓말을 할 거야

다정한 사신은 너를 위한 거짓말을 할 거야

(원제 : 優しい死神は、君のための嘘をつく)

1판 1쇄 2023년 3월 27일
2쇄 2024년 7월 10일

지 은 이 모치즈키 쿠라게
옮 긴 이 김영주

발 행 인 주정관
발 행 처 북스토리㈜
주　　소 서울특별시 영등포구 양산로91 리드원센터 1303호
대표전화 02-332-5281
팩시밀리 02-332-5283
출판등록 1999년 8월 18일 (제22-1610호)
홈페이지 www.ebookstory.co.kr
이 메 일 bookstory@naver.com

ISBN 979-11-5564-290-0 03830

※잘못된 책은 바꾸어드립니다.

다정한 사신은
너를 위한
거짓말을 할 거야

모치즈키 쿠라게 지음
김영주 옮김

북스토리

C O N T E N T S

1.
처음 뵙겠습니다, 사신 씨

나는 캄캄한 병실에 있다. 희미하게 달빛이 새어들지만 새하얀 커튼에 가려 방을 비출 만큼 환하지는 않았다. 숨을 후 내뱉고 심장에 손을 대자 콩닥콩닥 뛰는 고동이 오늘도 살아 있음을 알려준다.

"추워."

나는 손을 더듬어 어느샌가 흘러 내려간 이불을 집어 끌어올렸다. 병실 안으로 불어오는 바람이 봄밤의 쌀쌀한 공기를 실어왔다.

"……바람이야?"

무심코 소리를 내어 자문했다. 내가 느낀 것을 나에게 묻다니 이상하다. 하지만 분명히 지금 병실 안으로 바람이 불어왔다.

아니지. 그런 일이 있을 리 없다. 자기 전에 문이 잘 닫혀 있는지를 확인했고, 설령 간호사가 왔더라도 공기 청정기가 완비된 병실이라 한밤중에 창문을 열 필요가 없다. 그렇다면 방금 그것은 대체…….

그 순간, 커튼 앞에서 뭔가가 움직이는 것이 보였다.

"거기 누구 있어요?"

대답은 없었다. 하지만 커튼에 비친 그것은 사람 그림자였다. 누군지 모르겠지만 간호사가 아니라는 것만큼은 확실했다. 간호사라면 대답을 안 할 리가 없으니. 게다가 야간 순회 중이라면 작은 라이트를 들고 있을 터이다. 내 키보다도 훨씬 커 보이는 그 그림자는 내 목소리에 반응하듯 한 걸음 앞으로 내디뎠다.

"누구야?!"

한 번 더 묻자 그 그림자는 한 걸음 또 한 걸음, 침대를 향해 다가왔다. 머리맡에 있는 간호사 호출 벨을 누르려고 했으나 손이 미끄러져 제대로 누를 수가 없다. 이래저래 당황하는 사이, 그림자는 침대 옆까지 와 있었다.

"안녕하세요."

낮고 온화한 목소리가 바로 옆에서 들려왔다. 그 순간, 열린 창문으로 바람이 불어와 커튼이 크게 펄럭이며 목소리의 주인공이 보였다. 침대에서 올려다본 그 사람은 가늘고 긴 팔다리를 감추듯 후드가 달린 코트를 걸치고 있었다.

"처음 뵙겠습니다, 저는 사신이에요. 당신의 영혼을 거두러 왔습니다."

깊게 눌러쓴 후드를 더욱 끌어내리며 담담한 어조로 말했다. 후드 속에서 이쪽을 보고 있는 걸까, 달빛에 비친 그 사람은 나를 내려다보듯 서 있었다.

"사신?"

방금 이 사람이 사신이라고 했나? 내가 잘못 들은 건가? 아니야, 분명 내 영혼을 가지러 왔다고 했어. 내 영혼을…….

"그렇구나!"

"어?"

"그래서? 오늘 가져가 줄 거야?"

"아, 그게……."

내 대답이 마음에 들지 않았는지 아니면 이런 대답이 나오리라고 상상하지 못했던 건지, 자신을 사신이라 밝힌 그는 당황한 듯 순간 말문이 막혔다가 거꾸로 나에게 되물었다.

"이런 말을 믿습니까?"

"응?"

무슨 말을 하는 건지 모르겠다. 그야 믿고 안 믿고는…….

"당신이 그렇게 말했잖아. 아니면 나한테 거짓말한 거야?"

"거짓말은 아니지만, 대부분 그렇게 쉽게 믿지 않으니까요."

그럴지도 모른다. 자신을 가리켜 사신이라고 하는 사람이 있다면 대개는 머리가 이상한 게 아닐까 생각하겠지. 하지만 여기는 병원이고 나는 환자니까. 언제든 죽음은 가까이에 있다. 같은 병동에서 어느 날 갑자기 누군가가 사라지는 일도 있다. 사람들이 눈치채지 못하게 조용히 병실이 비워졌다가 어느새 새 입원 환자가 들어와 있었다. 여기는 그런 곳이었다.

"그래? 하지만 난 믿어. 그러니까 어서 내 영혼을 가져가."

"왜죠?"

“지쳤어. 이런 생활을 계속하는 것에. 게다가 벚꽃도 안 피고.”

“벚꽃? 벚꽃이라면 밖에 잔뜩 피었는데…….”

“그게 아니라!”

나는 언성을 높여 눈앞에 있는 사신의 말을 가로막았다. 그리고 창밖에 피어 있는 벚꽃에서 시선을 돌리고는, 주먹을 꽉 쥐고 한 번 더 아까 한 말을 반복했다.

“오늘 가져갈 거야?”

“오늘은 어렵습니다.”

“그럼 내일?”

“내일도 무리예요.”

담담한 사신의 말투에 점점 짜증이 난다. 오늘도 안 되고 내일도 안 된다면 대체 언제 된다는 거야.

못마땅해 하는 나의 태도에 눈치챘는지 사신은 후드 위로 머리를 긁적이며 이상하다는 듯 물어왔다.

“왜 그렇게 죽고 싶어 하는 겁니까? 살려 달라는 사람은 있어도 당신처럼 빨리 데려가 달라고 하는 사람은 처음입니다.”

“별다른 이유는 없어. 빨리 죽고 싶은 것뿐이야.”

“왜?”

“왜냐니.”

“뭔가 이유라도 있어?”

사신은 어느새 딱딱한 존댓말이 사라진 말투로 나에게 물었다. 그런 사신을 향해 나도 모르게 언성이 높아져버렸다.

"아, 진짜!"
자꾸 왜 그러냐는 질문만 하니 귀찮아 죽겠다. 이유라면……!
"내가 살아 있으면 방해만 될 뿐이니까 그렇지."
"방해라니……."
"가족에게 방해만 된다고. 이런 변변치 못한, 짐짝 같은 내가 살아 있으면."
토하듯 내뱉은 말에, 사신이 숨을 죽이고 있다는 걸 알았다. 내 영혼을 가지러 왔다면서 어째서 내 얘기에 나보다 더 충격을 받는 건지. 얼굴은 안 보이지만 태도로 보아 나를 가엾게 여기고 있다는 걸 알 수 있다. 그러지 말아줘. 그러면 내가 불쌍한 아이 같잖아. 그렇지 않아. 나는 내 의지로…….
"죽는 건 딱히 두렵지 않아."
"그래."
"먼저 간 친구들이 그곳에서 기다리고 있으니까. 빨리 가서 오랜만에 친구들 얼굴을 보고 싶단 말이야."
어느새 꼭 쥐고 있던 침대 시트에서 손을 뗐다. 주름이 생겨 구깃구깃해진 시트가 꼭 울음을 참고 있는 얼굴 같았다.
"……."
마치 속마음을 들킨 것 같아서, 구겨진 시트를 쫙 펴고 나는 눈앞에 있는 사신에게 물었다.
"그래서? 대체 언제 날 죽여줄 거야?"
사신은 콜록, 헛기침을 한 번 하고 입을 열었다.

“사가라 마히로. 십육 세. 어릴 때부터 심장 질환을 앓아 병원 입퇴원을 반복 중. 네 얘기 맞지?”

“맞아.”

“그래. 아까도 말했듯이 네 생명은 이제 곧 끝나.”

“구체적으로, 언제?”

“오늘부터 삼십 일 안에.”

삼십 일 안. 그 말은 길면 삼십 일이나 더 살아야 한다는 건가. 이른 벚꽃이 피기 시작한 창문 너머로 시선을 돌린다. 삼십 일 후에는 분명 벚꽃은 다 져 있겠지. 다시 말해 봄이 끝나갈 무렵 나도 떠난다는 뜻이다. 저 벚꽃의 배웅을 받으며.

“이야기를 계속해도 될까?”

“아, 응.”

어둠 속에서 분홍색 벚꽃을 물끄러미 바라보던 내게 사신이 말을 걸었다. 아주 약간의 동요도 눈치채게 하고 싶지 않다. 나는 아무렇지 않은 척, 사신 쪽으로 시선을 되돌렸다.

“삼십 일 안에 어떤 요인으로 너는 죽을 거야. 그리고 내가 그 영혼을 저세상으로 데려갈 거야. 단…….”

“단?”

“우리 사신에게는 죽음의 세계로 건너가는 사람들이 웃으며 갈 수 있도록 돕는다는 규칙이 있는데. 그러기 위해 나는 네 소원을 세 가지 들어줄 수 있어.”

사신의 말에 나는 무심코 웃음이 터졌다. 아니, 소원이라니. 그런 동화책 속에나 나올 법한 말을…….

"뭐가 웃겨?"

"농담하는 거지?"

"나는 아주 진지해. 그렇다 해도 우리가 들어줄 수 있는 건 너와 관련된 사소한 소원뿐이지만. 누군가를 상처 주거나 누군가의 감정을 통제한다거나, 혹은 죽음을 번복할 수는 없어."

뭐야, 그게. 그런…….

"그럼 뭘 할 수 있다는 거야?!"

"예를 들면 네 마음속 미련을 없애주는 것?"

내 마음속 미련? 그 추상적인 단어에 나는 무의식적으로 창밖의 벚꽃을 쳐다보았다. 저 벚꽃이…….

"왜 그래?"

"아무것도 아냐."

"그래. 다른 질문은 없지? 그럼, 이상이야."

"아, 잠깐!"

이걸로 할 얘기는 다 했다는 듯 등을 돌린 사신에게 나는 황급히 말을 걸었다. 궁금한 게 아직 많은데, 그렇게 마음대로 끝내면 안 되지. 그런 나에게 사신은 왠지 좀 귀찮다는 듯 뒤돌아섰다.

"아직 뭐가 남았어?"

"삼십 일 안이라고 하는 건 전혀 구체적이지 않잖아? 게다가 어떤 요인이라는 건 또 뭐야? 병으로 죽는 거 아니야? 그리고 소원을 들어준다는 건 대체 어떻게……."

"질문이 많네."

"그야 궁금한 건 물어봐야지."

내가 그렇게 말하자, 사신은 대놓고 한숨을 쉬었다.

"하나씩 대답할게. 우선, 몇 월 며칠에 죽는지 날짜는 알려줄 수가 없어."

"왜?"

"예전에 사신에게서 자신의 죽는 날짜를 듣게 된 인간이 그보다 먼저 자살해버리는 사건이 있었어. 그 바람에 사인(死因)도 달라졌지. 그땐 정말 난감했다고."

사신은 뭔가 생각나기라도 한 것처럼 후드 위로 관자놀이 부근을 지그시 눌렀다. 남의 일처럼 말하고 있지만, 이 반응으로 보아 어쩌면 사신이 그 사건의 장본인일지도 모른다고 나는 생각했다.

"그러니 죽는 날은 알려줄 수 없어."

"좋아. 그럼, 사인은?"

"그것도 안 돼. 사인을 바꿔버릴지도 모르니까."

"깐깐하긴. 그럼……."

혹시 방금 말한 그 일이 내 오해가 아니라, 사신이 과거에 실제로 저지른 일이라면? 그런 무른 구석이 있는 사람이라면?

나는 내 왼쪽 가슴을 가리키며 말했다.

"한 가지만 알려줘. 내가 죽는 이유는 이 망가진 심장 때문인 거야?"

"……아니."

잠시 고민하듯 뜸을 들인 뒤, 사신은 수첩같이 생긴 것을 보고 고개를 저으면서 그렇게 답했다. 저기에 아마도 내 죽음에 관한 뭔가가 적혀 있는 모양이다. 책등에는 귀퉁이가 일그러진 별이 인쇄된 것이 보였다. 왜 일그러져 있을까? 순간, 의문이 머릿속을 스쳤지만 그런 건 아무래도 상관없었다. 그렇게까지 관심이 있는 것도 아니고.

"이렇게 오랫동안 병으로 입원했는데 심장 때문에 죽는 게 아니라니, 웃긴다."

어이가 없어 웃음이 터져나왔다. 난 지금까지 무엇을 위해 치료를 해온 거지? 무엇을 위해 이렇게 혼자 입원해 있는 건데? 심장 때문에 죽는 게 아니라면 지금 내가 여기에 있을 필요도 없잖아.

아니다, 그런 게 아닌가. 내가 여기에 있지 않으면 곤란한 사람들이 있으니까. 내가 병원 밖에 있으면 방해를 받을 사람들이.

그런데 뭐지? 심장이 원인이 아니라니……. 뭐, 아무려면 어때. 그렇게 고통스럽게 죽지 않는 다는 걸 알게 되어서 조금은 마음이 편안해졌다.

"알려줘서 고마워."

사인은 알려줄 수 없다고 했음에도 불구하고, 심장이 원인이 아니라는 것만은 알려주었다. 어쩌면 이 사신은 무뚝뚝한 태도와는 달리 의외로 다정할지도 모른다. 내 영혼을 가지러 온 사신에게 다정하다고 하니 이상하게 들릴 것 같기도 하지만.

문득 내 단순한 사고회로에 웃음이 나왔다. 그런 나를 사신은 아무 말 없이 물끄러미 쳐다보고 있었다.

"있잖아."

문득 어떤 생각이 떠올라 나는 사신에게 말을 걸었다. 사신은 이상하다는 듯 고개를 갸웃거린다.
"왜?"
담담한 어조로 말하는 사신에게 나는 활짝 웃으며 말했다.
"그럼, 그날까지 내 이야기 친구가 되어줄 수 있어?"
"엥?"
어이없다는 듯한 목소리를 내는 사신이 웃기면서도 한편으론 한 가지 걱정되는 것이 있어 말을 이었다.
"아, 근데 이것도 소원이 되는 건가? 곧바로 소원 하나를 써버리는 건가?"
"아니, 그 정도라면 소원까지는 아니지만. 뭐, 가끔이라면……,"
"가끔 말고. 매일."
"매일?!"
진심으로 질색하는 듯한 목소리로 사신이 말했다. 그래도 지금까지 냉정하게 말하던 어조가 사라진 것에는 속이 시원한 기분마저 들었다.
"응. 그쪽도 내 소원을 들어주기 위해선 여기 와 있는 게 편하잖아?"
"그건……. 아니, 그래도……."
"그러기로 한 거다. 그럼 그날까지 잘 부탁해, 사신 씨."
어쩌면 그는 지금 난감한 표정을 짓고 있을지도 모른다. 미소를 띠는 나와는 대조적으로 "아"라느니 "그건 좀"이라느니 하며 깔끔하게 단념하지 못하고 자꾸 우물거리는 사신이 어쩐지 우스꽝스러워 나는 일부러 한 번 더 빙그레 웃었다.
"……으."

"잘 부탁해."

그런 내 태도에 단념하기라도 했는지 그는 들릴 듯 말 듯한 목소리로 중얼거렸다.

"……좋아."

그렇게 해서 사신 씨와 나의 길고도 짧은 삼십 일간의 이야기가 시작되었다.

2.
처음이자 마지막 데이트

그날부터 사신 씨는 창문으로 찾아왔다. 언제 열린지도 모를 창문으로 벚꽃 향기가 바람에 실려 병실에 들어왔고, 그것을 신호로 고개를 들면 마치 처음부터 거기 있었다는 듯이 그가 침대 옆에 서 있었다.

"안녕."

"안녕. 사신이 참 한가하네. 오란다고 정말 매일 오다니."

"그런 거 아냐. 이것도 일이라서 그런 거지."

아무래도 그는 그날 내가 이야기 친구가 되어 달라고 한 말을 착실하게 지키기 위해 이렇게 매일 병실에 오는 듯했다. 나 말고 담당하는 다른 사람은 없나 하는 의문이 머릿속을 스쳤지만, 사신이 무슨 일을 하는지를 떠올리자 등줄기에 오싹함이 느껴져 생각하지 않기로 했다.

"오늘은 뭐 재미있는 일 없었어?"

"어, 딱히."

생각하는 시늉도 안 하고 즉각 답하는 사신 씨에게 나는 작게 한숨을 내쉬었다.

"재미없기는."

이야기 친구라면 뭔가 이야깃거리를 준비해주면 좋을 텐데, 하고 투덜거리는 나에게 그가 입을 열었다.

"그러는 넌 소원 정했어?"

"아직."

내 대답에 사신 씨가 한숨을 내쉰다. 방금 나도 똑같은 행동을 했으면서도 그의 태도에 살짝 짜증이 났다.

"뭐야, 한숨이나 쉬고. 아, 혹시 소원을 뚝딱 들어주면 그 시점에서 바로 영혼을 가져갈 수 있다든가 뭐 그런 건가?"

"그런 건 아냐. 다만 가능한 한 빨리 소원을 이루어놓으면 좋으니까 그렇지. 소원도 이루기 전에 그날이 먼저 오면 곤란하잖아."

"그래? 만약 소원을 다 이루기 전에 영혼을 가져가는 날이 오면 어떻게 되는 거야?"

사신이 찾아온 지 삼십 일 안에 죽는다, 지금 눈앞에 있는 사신 씨는 그날 그렇게 말했었다. 그렇다고 해도 모두 삼십 일을 꽉 채울 때까지 사는 건 아니겠지. 극단적인 이야기이긴 하지만 사신이 찾아온 다음 날 죽을 수도 있다.

그렇다면 영혼을 가져가는 시점에서 만약 소원을 다 못 이룬 상황이라면 어떻게 되는 걸까. 죽음이 연기되나? 설마 그런 말도 안 되는 일이…….

“어떻게도 되지 않아. 우리는 그런 일이 생기지 않도록 정확히 그날이 오기 전까지 소원을 들어주니까.”

“만약 다 들어주지 못했다면?”

“그럴 일은 없어.”

“아, 그래?”

말도 못 붙이게 퉁명스러운 태도에 나는 고개를 돌리고 입을 다물었다.

“…….”

“…….”

병실이 쥐 죽은 듯 고요하다. 애초에 내가 말을 걸지 않으면 사신 씨가 먼저 입을 여는 일은 거의 없다. 이야기 친구라고 해도 결국은 내가 말을 걸고 그는 답할 뿐이다.

그래서일까. 병실에 나 혼자 있는 것도 아닌데 이렇게 서로 입을 다물고 있으니, 혼자 있을 때보다도 불편한 정적에 휩싸인 듯한 기분이 든다.

나는 살며시 사신 씨 쪽으로 시선을 돌렸다. 후드를 깊이 눌러쓴 탓에 얼굴을 볼 수가 없어 대체 무슨 생각을 하고 있는지 모르겠다.

“왜 그래?”

내 시선을 눈치챘는지 웬일로 그가 먼저 입을 열었다. 몰래 엿보고 있었다는 걸 들킨 나는 민망함을 감추듯 이불을 머리끝까지 끌어 올렸다.

“아, 아무것도 아냐! 속이 안 좋아서 이제 쉴래!”

“그래. 그럼 오늘은 이만 갈게.”

그 말이 끝나자마자 창문 열리는 소리가 났다.

"어?!"

후다닥 이불을 내리고 얼굴을 내밀었으나 그곳엔 이미 아무도 없었다. 나는 또다시 병실에 홀로 남아 열려 있는 창문 너머를 바라보았다.

다음 날도 또 그 다음 날도 사신 씨는 꼬박꼬박 병실을 찾아와 대화라고 하기엔 다소 부족한 이야기를 나누고는 돌아갔다. 대화가 무르익을 리 없다. 뭔가 재미있는 이야기를 해주는 것도 아니고, 그저 어색한 분위기 속에서 겉도는 대화를 이어갔다.

이럴 거였으면 "이야기 친구가 되어 달라"는 부탁 같은 건 하지 말 걸 그랬다. 그런 생각을 하고 한숨을 내쉬는 순간, 병실 창문이 열리는 소리가 들려 나는 고개를 들었다.

"……안녕."

"안녕."

변함없이 후드를 푹 눌러 쓰고, 그가 창문으로 들어왔다.

"……."

사신 씨는 아무 말도 하지 않는다. 그런 그에게 심술이 나서 나도 입을 열지 않았다. 죽을 때까지 이런 날이 계속되는 거라면 이제 오지 않아도 된다고 할까. 마지막 날까지 이런 어색한 분위기 속에서 보내야 한다면 그만큼 고통스러운 일도 없을 것이다.

"저기!"

"앗."

"어?"

내 목소리와 겹치듯 동시에 발화된 사신 씨의 목소리에 무심코 뒤를 돌아보자, 열려 있는 창문으로 무언가가 힘차게 날아들어 왔다.

"어? 뭐, 뭐야? 꺅!"

힘껏 내 팔을 잡아당기더니 그는 내 몸을 바짝 끌어당겨 자신의 등 뒤로 숨겼다. 대체 무슨 일이 일어난 거지?

"뭐, 뭐가……."

"……새."

"어?"

"작은 새가 날아 들어왔어."

그 말을 듣고 사신 씨의 등 너머로 뭔가가 날아간 방향을 보니 거기에는 분명 역시나 그곳에는 작은 새 한 마리가 있었다. 그런데…….

"다쳤어."

"뭐?"

내 말에 이번에는 사신 씨가 되물었다.

"정말이네."

새는 무언가에게 공격을 받았는지 갈색 몸 여기저기가 붉게 물들어 축 늘어져 있었다. 혹시 그것을 피해 도망치다가 마침 창문이 열려 있던 이 병실로 날아 들어온 건지도 모른다.

"응급 처치를 해야겠어!"

"안 돼!"

간호사한테 부탁해 붕대를 얻어와야겠다는 생각을 하면서 새가 있는 쪽으로 가려고 하는데 사신 씨가 내 팔을 붙잡았다.

"뭐……."

"됐으니까 그냥 여기 있어."

뭐 하는 거냐는 말을 하려고 했는데 그의 정색하는 목소리에 아무 말도 할 수 없었다. 그런 나를 그 자리에 남겨두고 그는 새에게 다가갔다.

"앗! 그 새를 어떻게 하려는 건데?"

내 질문에 대답도 하지 않고, 그는 새를 향해 손을 뻗었다. 사신의 일은 죽은 자의 영혼을 데려가는 것. 어쩌면 그것은 인간에게만 한정된 것이 아니라 설마 저 새도?

"아악! 안 돼! 죽이지 마!"

나는 눈을 질끈 감았다. 그 광경을 보고 싶지 않아서. 하지만 이미 틀렸어! 그렇게 생각한 바로 다음 순간, 귓가에서 짹짹거리며 씩씩하게 지저귀는 새 소리가 들렸다.

"응?"

그 소리에 조심스레 눈을 뜨자, 사신 씨의 손바닥 위에 있는 작은 새가 보였다. 그토록 흥건했던 피는 흔적도 없이 사라졌다.

"고쳐준 거야?"

"……."

"왜?"

"그냥. 내 맘이야."

그러더니 사신 씨는 손바닥에 올린 작은 새를 창밖으로 날려주었다.

그러자 조금 전까지 축 늘어져 있던 모습은 거짓말처럼 온데간데없이 사라지고, 작은 새는 경쾌하게 하늘로 날아올랐다.

"다행이다."

"그러게."

새가 날아가는 모습을 그는 물끄러미 바라본다. 대체 무슨 생각을 하고 있을까.

"저기, 사신 씨."

"흠."

"왜……."

왜 새를 구해줬냐고 물어보려는 순간, 사신 씨는 조금 전 그 새와 마찬가지로 창문 너머로 모습을 감춰버렸다. 마치 내가 할 말의 뒷말을 듣고 싶지 않기라도 한 것처럼.

"구해줘서 고맙다는 말을 못 했는데."

그건 그렇다 치고……. 내가 새를 만지려고 했을 때는 그렇게 화를 내더니, 그런 반면 상처 입은 새를 치료해주기도 했다. 대체 저 사신은 다정한 거야, 아닌 거야?

"으음."

"마히로?"

"아, 마키타 씨."

똑똑, 노크 소리와 함께 병실 문이 열리고 간호사 마키타 씨가 얼굴을 내밀었다. 마키타 씨는 내 담당 간호사다. 프라이머리 너싱이라고 해서 간호사 한 명이 환자 한 명을 전담해주는 시스템이다. 그러니 입원 기간이 긴 나에게는 마키타 씨가 언니나 마찬가지였다.

“미안, 쉬고 있었어?”

“아뇨, 괜찮아요.”

“그래? 그럼 다행이네. ……어? 이게 뭐지? 새 깃털인가?”

“앗…….”

마키타 씨는 재빠르게 방 한구석에 떨어져 있던 새 깃털을 집어 들었다. 사신 씨가 치료하기 전에 떨어뜨린 건지, 깃털에는 새의 피가 흠뻑 묻어 있었다.

“이게 뭐야?”

“그게……. 아까 다친 새가 길을 잃고 들어와서, 그래서…….”

“만졌어?!”

“네?”

“다친 새를 만진 거야?!”

평소에는 친절하고 생글생글 잘 웃는 마키타 씨가 서슬이 시퍼렇게 말하기에 나는 입을 다문 채 고개를 저을 수밖에 없었다.

“안 만진 거지?”

“네. 그게, 잘못 들어왔었는데 금방 다시 나갔어요.”

“그렇구나. 다행이다.”

안도했다는 듯 숨을 내쉬고, 마키타 씨는 평소처럼 상냥하게 미소지었다.

“야생…… 아니, 야생이 아니더라도 동물은 어떤 균을 보유하고 있는지 알 수 없으니까. 심지어 다쳐서 피라도 흘리고 있었다면 거기서 어떤 감염병에 걸릴지 알 수가 없어. 그러니까 절대로 만져서는 안 돼."

"네……."

그러고 보니 그런 이야기를 어릴 적에도 들었던 것 같다. 병실에 있기 싫어서 멋대로 밖에 나가곤 했던 나에게 야생의 생명체에는 조심하라고 했던 말. 최근엔 병원 밖으로 나갈 만한 일도 없어서 까맣게 잊고 있었다. 만약 그때 사신 씨가 말려주지 않았다면 지금쯤…….

"앗!"

"응? 왜 그래?"

"아, 아무것도 아니에요."

"그래? 그럼 이거 버리고, 손 소독한 다음 다시 올게."

그렇게 말하고 병실을 나가는 마키타 씨의 등을 바라보면서 나는 아까 사신이 한 행동을 다시 떠올렸다. 혹시 그는 방금 마키타 씨가 말한 내용을 이미 알고 있었기 때문에, 그래서 내가 만지지 못하게 하려고 그런 건가? 감염병에 걸려서 죽으면 사인이 바뀌니까. 그에게 묻는다면 그런 식으로 대답할지도 모른다. 하지만…….

"어쩌면 그렇게 나쁜 사람은 아닐지도 몰라."

내 안에서, 아주 조금은 사신 씨에 대한 인상이 바뀌었다. 그런 기분이 들었다.

그리고 오늘도 소리 없이 병실 창문이 열렸다.

"안녕."
"……안녕."
조용히 나타난 사신 씨에게 내가 말을 걸자, 그는 놀란 듯 이쪽을 바라봤다.
"내가 나타날 걸 알고 있었던 것 같네."
"몰랐어. 몰라서 기다리고 있었어."
"기다렸다고?"
의아하다는 듯 그가 말했다. 그래, 기다리고 있었지. 언제 올지 모르는 사신 씨, 당신을.
"세 시간쯤?"
"그렇게나?!"
"거짓말이야."
"크으……."
그는 깜박 속은 게 분하다는 듯한 소리를 냈다. 그 반응이 재미있어서 나도 모르게 웃음이 났다.
"후훗. 실은 이제 슬슬 오려나 싶어서 조금 전부터 밖을 보고 있었던 것뿐이야."
"그렇군."
그 말투가 어딘가 토라진 것처럼 들려서 나는 다시 한 번 웃었다. 이상하다. 어제까지만 해도 분명 사신 씨와 이런 식으로 이야기를 하리라고 생각도 못 해봤다. 그렇기는커녕 그가 오기를 이제나저제나 기다리는 일도 없었는데.

"저기, 사신 씨."

"왜?"

나는 숨을 후 내쉬고, 어제 든 그 의문에 대해 직접 물어보기로 했다.

"어제 내가 새를 만지려고 하던 걸 못 하게 한 건, 날 생각해서 그랬던 거야?"

"딱히."

사신 씨는 퉁명스럽게 대답했다. 하지만 그렇다고 강한 부정도 아닌 듯한 말투가 마치 '그렇다면 어떨 것 같은데?'라고 말하는 것처럼 들렸다.

"그래. 아무튼 말려줘서 고마워."

"못 하게 한 걸 가지고 고맙다고 하다니, 특이한 사람이네."

"그래? 그쪽만큼은 아닐 것 같은데."

영혼을 가져가야 하는 인간을 걱정하는, 그쪽이야말로 특이한 사신이거든? 그렇게 말하고 싶었지만, 더 말했다간 또 그대로 가버릴 것 같아서 나는 그저 살짝 웃기만 했다. 사신은 "흥" 하고 콧방귀를 뀌더니 시선을 돌렸다. 그런 태도조차 재미있어서 웃음이 나올 것 같았지만 나는 터져 나오려는 웃음을 꾹 참으며 "저기" 하고 말을 걸었다.

"오늘은 뭐 재미있는 일 없었어?"

"오늘? 글쎄 별로, 음……."

드디어 화제가 바뀌어 마음이 놓였는지, 그는 재미있었던 일을 골똘히 생각하기라도 하듯 말이 없어졌다. 몇 번이나 "음" 하고 끙끙대길래 나는 도움의 손길을 내밀어주기로 했다.

"예를 들면, 다친 새가 은혜를 갚았다든가."

"갈게."

"앗. 농담이야, 농담!"

나는 아차 싶어 일어나서 가려는 사신 씨의 옷자락을 붙잡았다. 장난이 심했나. 하지만 어쩐지 오늘은 그가 가깝게 느껴져 좀 더 이야기를 나누고 싶은데.

"……줘."

"어? 뭘 달라고?"

"아니. 그거 놓아주라고."

"아, 미안."

손을 놓자 사신 씨는 작게 고개를 흔들고는 한숨을 쉬었다. 이런, 그렇게 한숨만 쉬면 모처럼 즐거웠던 기분이 침울해지는데. 나는 고개를 숙이고 침대 시트를 꽉 움켜쥐었다.

"재미있을지는 잘 모르겠지만."

"응?"

시트만 물끄러미 바라보고 있던 내 귓가에 사신 씨의 목소리가 들려 얼떨결에 고개를 들었다.

"아까 고양이들한테 포위당했었어."

"뭐 때문에?"

"졸려서 잠깐 잔디밭에 누워 있었는데 정신 차려보니까 나를 포위하듯 고양이들이……."

"뭐야, 그게."

고양이들에게 포위당해 곤경에 빠진 사신이라니…….

"후훗."

쫓아내지도 못하고 난처해하고만 있었는지 아니면 쫓아내는데도 고양이들이 점점 모여든 건지, 생각만 해도 우스꽝스럽다.

"웃지 마. 난 진짜 잡아먹히는 줄 알았다니까."

키득키득 웃는 나를 향한 그의 진지한 목소리가 오히려 더 웃겨서 눈물이 날 지경이었다. 방금까지 울적했던 기분이 저 멀리 날아가 버릴 만큼.

이렇게 웃은 게 얼마 만이지? 마키타 씨나 다른 간호사와 대화하면서 웃어본 적이 없다고 하면 거짓말이 되겠지. 하지만 그 웃음에 배려와 억지 미소가 전혀 없었다고 하면 그 또한 거짓말이다.

그렇기에 내가 이렇게 스스럼없이 웃을 수 있다는 사실에 솔직히 무척 놀랐다. 그리고 그 상대가 내 영혼을 가지러 온 사신이라는 것에도.

"사신 씨도 참 재미있는 사람이네."

"그래? 주변에서는 다들 재미없는 녀석이라고 하던데."

"주변이라면 다른 사신들? 당신 같은 사람들이 많이 있어?"

내 말에 순간적으로 사신 씨의 분위기가 달라졌다. 아무래도 물어서는 안 되는 것이었던 모양이다. 분위기가 어색해져 나는 다른 화제를 꺼내려고 생각했지만, 꼭 그럴 때면 말이 제대로 안 나온다. 분위기를 수습하지도 못하고 결국 나보다 먼저 그가 입을 열었다.

"미안."

"어?"

사신 씨는 마른기침을 한 번 하더니 나에게서 등을 돌렸다.

"오늘은 이만 갈게. 내일 봐."

"앗!"

그렇게 말하고 그는 병실에서 뛰어나가더니 창문 너머로 자취를 감췄다. 남겨진 나는 "미안"의 의미를 이해하지 못한 채, 그가 사라지는 바람에 그대로 훤히 보이는 창밖 풍경을 홀로 멍하니 바라보았다. 바깥은 만개한 벚꽃의 분홍빛으로 물들어 있었다.

그 상태로 시간이 얼마나 흘렀을까. 병실에 작은 노크 소리가 들렸다.

"네?"

"안녕."

"노조미!"

병실 문틈으로 빼꼼, 웃는 얼굴을 내민 건 몇 달 전에 입원한 야시로 노조미였다. 들어와, 하고 손짓하자 노조미는 종종걸음으로 달려와 침대 옆으로 왔다. 노조미의 몸을 들어서 침대 위로 올려주자 노조미는 "고마워" 하고 고개를 까딱 숙였다.

"어쩐 일이야?"

"음, 그게."

"노조미?"

"에헤헤. 그냥 조금 외로워져서."

혀 짧은 말투와 함께 외로움을 참듯 웃는 노조미를 보니 순간 마음이 울컥했다. 처음엔 동생이 있으면 이런 느낌일까, 하는 생각을 했는데, 어쩌면 나는 이 작은 여자아이에게 나를 투영하고 있었는지 모른다. 가족 품에서 떨어져 홀로 입원해 있던 어린 시절의 나를.

"……."

"언니, 왜 그래?"

"아, 미안. 아무것도 아냐."

갑자기 입을 다문 나를 노조미가 불안한 듯 올려다보고 있었다. 이러면 안 돼. 이 어린아이를 걱정하게 하면 안 되지.

"정말? 진짜로 괜찮은 거야?"

"응, 괜찮아. 고마워."

걱정스러운 듯한 표정을 짓는 노조미의 머리를 부드럽게 쓰다듬자, 노조미는 간지럽다는 듯 웃었다.

"귀여워라."

"언니도 귀여워!"

"정말? 고마워."

우리는 얼굴을 마주 보며 웃었다. 그러고 나서 한동안 노조미와 이야기를 나누고 있는데, 다시 병실에 노크 소리가 울렸다.

"식사 시간입니다. 어? 노조미네?"

"아, 마키타 씨. 안녕하세요!"

"아까 그쪽에서 간호사가 찾고 있던데? 노조미가 병실에 없다면서."

"진짜요? 그럼 얼른 돌아가야겠다."

마키타 씨의 도움을 받아 노조미는 침대에서 내려가 병실을 나갔다.

"언니, 안녕" 하고 손을 흔들며.

그 모습이 귀여워 슬쩍 웃고, 나는 다시 침대에 누웠다. 늘 똑같은 병실에 평소처럼 혼자 있지만. 왠지 가슴속은 평소보다 따뜻하게 채워진 것 같았다.

다음 날, 저녁 무렵이 되어갈 때까지도 사신은 병실에 얼굴을 비추지 않았다. "언니, 나 놀러 왔어" 하고 점심때가 지나서 노조미가 왔었지만 조금 전에 검사가 있다면서 간호사가 와서 데리고 갔다.

혼자 있는 병실은 지루해서 "사신 씨, 거기 없어?" 하고 몇 번 불러보기도 했지만, 대답은 없었다. 이야기 친구로 매일 오는 것도 업무의 일환이라는 둥 그렇게 말했으면서 오지도 않고, 근무 태만 아니야? 이렇게 말해봤자 대꾸해줄 사람도 없다. 나는 한숨을 쉬었다.

"휴우, 오늘은 안 오는 건가?"

입원과 퇴원을 반복하다 보면 어느새 나도 가족도 그 상황에 익숙해진다. 처음에는 매일같이 오던 부모님도 이틀에 한 번, 일주일에 한 번. 이주일에 한 번……. 이런 식으로 점점 병문안 오는 횟수도 줄어갔다.

일이 있으니까 어쩔 수 없다는 걸 안다. 더 자주 나를 보러 와 달라고 떼를 쓸 만큼 어린애도 아니다. 다만 아주 조금. 아무도 찾아오지 않는 병실이 고요하고 적막하고 따분할 뿐이었다.

"사신 씨 바보."

“나 불렀어?”
“사신 씨!”
“어? 왜 그래?”
“아, 아무것도 아냐! 오늘은 왜 이렇게 늦었어?”
보고 싶다는 생각을 하던 찰나에 나타난 그에게 왠지 솔직해질 수가 없어 나는 그렇게 얄미운 말을 내뱉고 말았다. 그러나 그는 순순히 미안하다고 하더니, 내 침대 밑에 있던 의자를 꺼내 앉았다.
“선배가 일을 떠맡겨서.”
“그 얘기는 내가 들어도 괜찮은 거야?”
어제의 일이 생각나 조심스레 물어보는 나에게 사신 씨는 “괜찮아” 하더니 “내 얘기 좀 들어봐” 하고 이야기를 계속했다.
“그 선배가 워낙 변변치가 않아서 말이야.”
“변변치 않다고?”
“어. 갑자기 ‘이제 놀러 갈 거니까 나 대신에 이 서류에 전부 서명해서 제출해놔’ 이러더니 사라진 거야.”
“그랬구나.”
“그런 작자들뿐이라니까, 사신이라는 자들이.”
후드 위로 관자놀이 부근을 누르면서 넌더리난다는 듯 고개를 저었다. 그런 그의 태도에 나는 혹시나 하는 마음이 들었다. 불쑥 꺼낸 다른 사신 이야기. 혹시 어제 일에 대한 사과가 아닐까? 그런 식으로 이야기를 끝내버린 것이 미안해서 태연한 척 연기하면서 말을 꺼낸 것이 아닌지. 만약 그렇다면, 사신 씨는 정말이지 표현에 서툰 사람이다.

"후훗."

"내가 뭐 이상한 말이라도 했어?"

"아니, 아냐."

웃는 나를 보고 그는 의아하다는 듯 고개를 갸웃거렸다. 그 표정이 묘하게 귀여워서 또 한 번 웃었다.

"너 참 잘 웃는다."

"그런가? 그렇다면 그건 사신 씨 덕분이야."

"나?"

"응. 아무리 나라도 혼자서는 웃을 수 없잖아. 사신 씨가 이렇게 와서 이야기 친구를 해주니까 웃는 거야."

내 대답에 어째선지 사신 씨는 입을 꾹 다물었다. 느낌상으로는 왠지 후드 속에서 난감한 표정을 짓고 있지 않을까 싶다. 얼굴을 볼 수가 없는데도 그가 어떤 표정을 짓고 있는지 어쩐지 알 것 같은 기분이 드는 이유는 뭘까.

"사신 씨……."

"있잖아."

"어?"

내 말을 가로막듯 그가 나를 불렀다.

"이건 그냥 하는 이야기인데 뭐 하고 싶은 일 같은 거 없어?"

"하고 싶은 일? ……소원을 말하는 거야?"

"아니, 그건 아니고. 미처 못 해본 일 같은 게 있으면……."

"그러니까 죽기 전에 해보고 싶은 일이 있냐는 말이네."

"뭐, 쉽게 말하자면……."

사신 씨는 우물우물 말끝을 흐리며 말했다. 해보고 싶은 일이라……. 나는 무심코 창밖으로 시선을 돌렸다. 거기엔 만개한 벚꽃 나무가 있었다.

"거기 뭐가……."

"딱히 없는 것 같은데."

내 시선을 좇듯이 밖을 쳐다본 사신의 말을 못 들은 척하고, 나는 일부러 밝은 어조로 말했다.

"어?"

"미련 같은 거 딱히 없다고. 말했었잖아. 빨리 떠나고 싶다니까."

"그러기는 했지만."

"그러니까 이 얘기는 이제 끝! 소원은 아직 좀 더 생각해볼 테니까! 다른 재미있는 이야기를 해줘."

어딘가 석연치 않아 하는 말투의 사신 씨와 억지로 이야기를 끝내고, 나는 생각났다는 듯 말했다.

"그래, 그걸 내 첫 번째 소원으로 해도 좋아."

"그 정도는 소원으로 안 친다고 처음에 말했잖아."

"그건 그렇지만. 진짜로 하고 싶은 거 없는데."

"그러지 말고 잘 생각해봐."

"……알았어."

그 말에 고개를 끄덕이자, 그는 내가 부탁한 대로 최근에 있었던 난처한 이야기를 하기 시작했다.

사신 씨가 병실에 오게 된 지 며칠이 지났다. 그날도 당연하다는 듯 그는 "안녕" 하고 창문으로 나타났다.

항상 점심시간을 조금 지났을 무렵에 나타났다. 점심밥을 다 먹고 아무도 병실에 오지 않는 시간이었다.

"오늘은 무슨 일이 있었어?"

"매일 그렇게 재미있는 일만 있는 건 아니야. 어제랑 똑같았어."

"그래? 그래도 매일 여기에 있는 나보다는 많은 일이 있을 거 아냐?"

"……."

내가 생각해도 밉살스러운 말투다. 내가 여기 있는 것은 사신 씨 때문이 아니다. 그날이 그날 같은 하루하루도 어쩌면 스스로 바꾸려고 마음먹는다면 다양한 변화가 생길지도 모른다. 그런데 아무것도 하지 않고 온종일 침대에서 창밖만 바라보고 있는 건 나 자신이면서.

"미……."

"그래도……."

사신 씨는 창밖을 가리켰다.

"그래도 여기서는 벚꽃이 보이네."

"……벚꽃?"

그의 말에 나는 미안하다고 하려던 말을 꿀꺽 삼키고, 엉겁결에 되물었다.

"응. 나 벚꽃 좋아하거든. 그러니까……."

"나는! ……나는 저 나무가 싫어."

"왜?"

"그보다……."

화제를 바꾸려고 하는 찰나, 방안에 노크 소리가 울렸다. 그 소리에 놀라 시선을 돌리자 어느새 열린 문밖에서 마키타 씨가 얼굴을 빼꼼 들여다보고 있었다.

"마히로, 미안해. 아침에 깜박해서 지금 혈압을 재려고 하는데 괜찮을까?"

"아, 네."

어쩌지, 이 상황을 뭐라고 말하면 좋을까. 사신 씨 쪽을 쳐다봤지만, 후드에 가려 표정이 안 보이기 때문에 말을 하지 않으면 그가 무슨 생각을 하고 있는지 전혀 모르겠다.

안절부절못하는 내 태도에는 아랑곳하지 않고 마키타 씨는 담담하게 혈압 체크를 준비했다. 사신 같은 건 존재하지 않는다는 듯이.

"좋아, 팔 좀 올려줘."

"네……."

이게 대체 무슨 상황이지? 아니 그보다, 원래 병실에 나 말고 다른 사람이 있으면 들어오자마자 마키타 씨가 인사를 하고 "이야기 중에 방해해서 미안해요" 같은 말을 할 텐데.

그렇다는 건 혹시 사신 씨가 눈에 안 보인다는 건가?

그런 영화 같은 이야기가 있나 싶지만, 생각해보니 나도 태어나서 지금껏 이 사신이라는 존재를 알지도 못했고 본 적도 없었다. 어릴 적부터 줄기차게 병원 입퇴원을 반복해왔고, 슬프지만 영원한 이별이라는 것도 몇 번인가 경험한 적 있는 나였다. 이런 내가 자신 있게 말하는데, 사신을 만난 건 이번이 처음이다.

그렇다면 분명 지금까지 나한테 안 보였던 것처럼 이 사신 씨도 나 아닌 다른 사람에게는 보이지 않을지도 모르겠다. 그렇게 생각하는 것이 가장 자연스럽다.

그런 생각을 하자 갑자기 힘이 쭉 빠졌다. 심장이 방망이질했으니 이러다 수명이 단축되면 그건 다 사신 탓이야, 하고 생각하니 조금 우스웠다. 그런 나에게 마키타 씨는 "오케이, 완료!"라고 말하며 팔에서 혈압계를 뗐다.

"저기, 마히로."

"에?"

걱정이 사라진 나는 혈압계를 정리하는 마키타 씨에게 무심코 얼빠진 대답을 하고 말았다. 그런데…….

"아까 내가 부를 때까지 누구랑 얘기하고 있던데, 남자친구야?"

"네?"

느닷없는 말에 나는 머릿속이 새하얘져 아무 말도 할 수 없었다. 어떻게 된 거지? 보이지 않는 줄 알았는데, 역시 보였던 건가? 혹시 사신 씨를 남자친구라고 오해하고, 일부러 배려해서 말을 안 걸었던 건가?

여전히 시치미 떼는 표정을 짓고 있는 사신 씨에게 짜증이 나면서도 나는 마키타 씨에게 뭐라고 말해야 좋을지 몰라 입만 뻐끔거릴 뿐 말이 나오지 않았다. 그런데 그런 날 보고 마키타 씨는 어떻게 오해를 한 건지, 침대 위에 놓여 있는 스마트폰을 가리켰다.

“여긴 병원이니까 아무래도 너무 대놓고 사용하면 좀 곤란해.”

“아, 저기……, 혹시 스마트폰이요?”

“그래. 하지만 마히로는 입원 기간이 워낙 기니까 얼마나 지루하겠어. 이해는 되지.”

마키타 씨는 난처한 듯 웃더니 부자연스럽게 좌우를 살피고는 작은 목소리로 내게 말했다.

“나는 괜찮지만, 간호부장님 앞에서는 남자친구랑 전화하는 모습을 보이지 않도록 조심해.”

“네? 아니, 그게 아니라…….”

“괜찮아, 괜찮아. 마히로도 한창 연애할 나이잖아. 다 이해해.”

마키타 씨는 “그랬구나. 마히로에게도……” 하고 혼잣말을 하면서 기쁘다는 듯 고개를 주억거렸다. 아무래도 내 말소리만 듣고 그걸 남자친구와 대화한다 오해한 모양이다. 그래도 역시 사신 씨의 모습은 안 보였던 것 같다. 괜히 놀랐네, 다행이다…….

나는 안도의 한숨을 살짝 내쉬고, 마키타 씨의 말에 동조하듯 고개를 숙였다.

“죄송해요.”

그런 나에게 가볍게 손을 저으며 마키타 씨는 부드럽게 웃었다.

“젊다는 건 참 좋아. 나도 마히로만 한 나이 때는 참 즐거웠는데.”

“그래요?”

“그럼. 뭐 벌써 십 년도 전에 있었던 일이지만.”

어떻게 반응해야 좋을지 몰라 어리둥절한 나를 내버려둔 채, 마키타 씨는 기구들을 정리해 한 손에 들고 병실을 나가려고 하다가 다시 한 번 이쪽을 돌아봤다.

"그래도 말이야, 너무 무리하면 안 돼. 재미있어도 적당히, 알지?"

"네."

고개를 끄덕이는 나를 향해 웃더니 마키타 씨는 병실을 나갔다.

"휴, 쫄았네!"

문이 닫히고 발걸음 소리가 멀어지는 것을 확인한 뒤 나는 침대 위에 벌러덩 드러누웠다.

"왜 그러는 거야?"

"왜냐니. 마키타 씨가 사신 씨를 발견하는 줄 알고 조마조마했다고!"

나는 베개를 집어 사신 씨를 향해 던졌다. 그는 그걸 유유히 받아서 내게 다시 던졌다.

"담당하는 인간 말고 다른 사람들한테는 우리의 모습이 보이지 않는다고 말 안 했었나?"

"안 했어!"

"어라?"

받아든 베개를 무릎 위에 일부러 보란 듯 털썩 소리를 내며 놓자, 그는 시치미 떼는 듯한 목소리를 내면서 주머니에서 부스럭부스럭 무언가를 꺼냈다. 그것은 처음 만난 날 가지고 있던, 일그러진 별 모양이 그려진 수첩이었다.

"그건 뭐야?"

"이건 우리 업무 도구. 여기에 자신이 담당하는 인간의 이름이 적혀 있어. 물론 네 이름도."

"그렇구나. 그런데 그게 왜?"

"이 수첩에 이름이 있는 인간만 내 모습을 볼 수가 있어. 거꾸로 말하면, 네 이름은 내 수첩에 있으니까 너는 기본적으로 나 말고 다른 사신을 볼 수도 없는 거지."

요컨대, 마키타 씨가 사신 씨의 모습을 볼 수 없어서 그렇게 오해한 건 다행이지만 만약 스마트폰이 없었다면 나는 병실에서 혼자 떠들고 있는 것으로 여겨졌을 거라는 말인가?

혹시 마키타 씨는 줄곧 혼자 떠들고 있는 내가 걱정돼 병실에 들어온 게 아닐까? 혈압을 다시 재겠다는 핑계를 대고. 그렇다면 딱히 누군가에게 연락이 오는 것도 아닌데 어쩌다 보니 스마트폰을 가까이에 놔뒀던 것이 다행이었는지도 모른다.

"뭐야. 그런 건 빨리 말해줘야지! 그랬으면 그렇게 긴장할 필요도 없었잖아."

"아아, 그래서 그런 표정을 지었던 거구나. 날 웃기려고 그러는 줄 알았어."

"내가 그런 짓을 왜 해!"

엉겁결에 쏘아붙이자, 그는 도저히 못 참겠는지 "하하" 하고 웃음소리를 흘렸다.

"사신 씨도 웃네……."

이런 식으로 웃는구나.

사신 씨가 내 병실에 오게 된 지도 며칠이 지났는데 웃음소리를 듣는 건 처음인 것 같다. 심지어 이렇게 긍정적인 감정을 겉으로 드러내는 것 자체가 처음이다.

"그렇구나……."

무심코 중얼거린 나에게, 당황해서 헛기침을 한 번 하더니 사신은 평소와 마찬가지로 억양 없는 목소리로 말했다.

"누가 웃었다고, 안 웃었어."

그 목소리 톤이 평소보다 아주 조금 상기되었다는 걸 알아차리고 나는 살짝 웃었다.

"그나저나, 남자친구라니……."

"응?"

어릴 적부터 대부분의 생활을 병원에서 보낸 나에게 남자친구가 있었을 리가 없다. 그걸 슬프다거나 외롭다고 생각해본 적도…….

……아니, 실은 딱 한 번, 많이 좋아하고 소중히 여겼던 단 한 사람이 있었다. 하지만 그 사람은 이제 나 같은 아이는 잊고 아마도 행복한 삶을 살고 있겠지. 어쩌면 사귀는 사람이 있을지도 모르겠다. 내가 아닌 누군가를 좋아하고 사랑하고, 그리고…….

"윽……."

가슴 한구석이 찌르르 아팠다. 이런 식으로 그를 떠올리는 게 얼마 만인지. 생각하지 않으려고 노력했는데. 나는 그 찌릿한 가슴에 다시 반창고를 붙이듯, 일부러 더 밝은 목소리로 말했다.

"맞다! 저번에 얘기했던 소원 말이야. 그거 세 개까지만 들어줄 수 있는 거지?"

"아, 그건 그런데……."

어쩐지 불길한 예감이 들었는지 사신 씨는 말끝을 흐리며 모호하게 대답했다. 그런 그를 향해 나는 빙그레 웃는다. 그리고 그대로 그를 가리키며 말했다.

"결정했어, 첫 번째 소원. 데이트를 하고 싶어."

"데이트?"

"응, 사신 씨랑!"

"……나랑?"

그 말투에서 어찌나 귀찮아하는 기색이 역력한지, 사람의 감정은 표정이 안 보여도 이렇게 잘 전달될 수 있구나 하고 감탄할 정도였다. 하지만 그렇다고 해서 물러설 내가 아니다. 이렇게 억지로 하는 데이트가 좋지 않다는 건 나도 안다. 알고는 있지만, 그래도…….

"아까 말이야, 마키타 씨가 남자친구랑 통화한 거냐고 물었을 때 깨달았어. 내가 지금까지 데이트를 한 번도 해본 적이 없다는 걸."

"그래, 그건 안타깝네. 그럼 첫 번째 소원은 누군가와 데이트를 하는 것으로……."

그 상대가 결코 자신은 아니라는 것처럼 말하는 태도에 나는 히죽 웃었다.

"그런데 누구랑 하겠어? 나를 좋아하는 상대가 없잖아. 그리고 누군가의 감정을 통제하는 건 규칙 위반, 맞지?"

"그건……."

내 말에 사신 씨는 아무 대꾸도 하지 못했다.

그렇다고 해도 만에 하나 아니, 억에 하나쯤 확률이라면 나를 좋아한다고 생각해줄 사람이 지금이라도 있을지 모른다. 하지만…….

"혹시 부탁할 만한 지인이 있다고 하더라도, 그런 부탁을 하고 싶진 않은데."

"왜?"

"그야, 무슨 일이라도 생기면 완전 민폐잖아?"

외출 중에 혹시 병세가 급변할지도 모른다. 그게 아니더라도 외출을 했다간 야단맞을 게 뻔하다. 그럴 때, 내가 아니라 그 사람이 혼나게 되는 것이 싫다. 내 일방적인 고집에 타인을 끌어들이고 싶지 않다.

"하지만 사신 씨라면……."

"나라면?"

"어차피 일의 연장일 거고."

"그건 그렇지."

내 말에 순순히 고개를 끄덕이는 사신 씨의 모습에 웃음이 나왔다. 그러고 보니 처음 만났을 때보다 훨씬 태도가 부드러워진 것 같다. 그런 그에게 나는 그럴듯한 이유를 댔다.

"거기다 아무에게도 안 보이니까 혼날 일도 없겠지? 주위에서 보면 내가 마음대로 나간 거라고밖에 안 보일 테니까."

"그렇기는 하네."

"어때?"

"아니, 아니. 그렇다고 해서……."

얼떨결에 내 말에 납득할 뻔했는지, 사신 씨는 당황한 듯 말했다.

마지막 굳히기 작전. 나는 동정심을 유발하듯 슬픈 표정을 지으며 사신의 소맷자락을 붙잡았다.

"이런 내가 불쌍하지? 응? 부탁이야! 이대로 데이트도 한 번 못 해본 채로 외롭게 죽을 순 없어! 연애하기 딱 좋을 나이인데!"

내 기세에 눌렸는지 "으" "아" 하고 끙끙대면서 사신은 뒷걸음질 치기 시작했다. 이대로 가버릴 작정인가? 하지만 그렇게는 못 하지. 소맷자락을 붙잡은 손에 힘을 주고 나는 그의 이름을 불렀다.

"사신 씨."

"왜?"

"도저히 안 되는 거야? 하고 싶은 거 있으면 말하라고 사신 씨가 그렇게 말했으면서."

"그건……. 아니, 그렇지만 나랑 가면 재미도 없을 거고."

"그렇지 않아!"

사신의 말을 부정한 내 목소리가 생각보다 커서 살짝 부끄러웠지만, 에헴 헛기침을 한 다음 방긋 웃었다.

"누구랑 함께 가고 싶은지는 내가 결정할 거야. 나는 사신 씨. 당신이랑 데이트하러 가고 싶어."

내가 그렇게 딱 잘라 말하자 더 이상 말해봐야 소용없다고 생각했는지 사신 씨는 체념이라도 한 것처럼 고개를 약간 끄덕였다.

"알았어."

"고마워!"

사신의 마음이 바뀌기 전에 나는 데이트할 날짜를 내일모레로 정했다. 왜 그날인가 하면 마침 토요일이라 근무하는 간호사가 적어서 병실을 도는 횟수가 줄어든다는 것을 알고 있었기 때문이다.

그리고 오늘. 마침내 그날이 찾아왔다. 설레는 마음을 억누르면서 최대한 평소와 같은 속도로 점심 식사를 마치고, 식판을 회수하러 온 간호사에게 쟁반을 건넨 다음 나는 사복으로 갈아입었다.

"입원 중인데도 사복을 갖고 있었다니."

용의주도한 나에게 어이가 없다는 듯한 목소리로 사신 씨가 말했다. 내가 그대로 나갔더라면, '환자복 차림으로 나갈 셈이야?' 하고 오늘의 데이트를 단념하게 할 속셈이었던 것이 분명하다.

"환자복 차림으로 나갈 셈이냐고 물으려 했는데."

거봐, 그럴 줄 알았어. 상상한 그대로라 내가 웃자, 그는 고개를 살짝 갸우뚱하며 말했다.

"내가 뭐 이상한 말을 했나?"

"아니, 아무것도 아냐. 이 옷은, 기분 좋은 날 바깥 산책을 할 때가 있는데 그때 환자복 차림이면 '누가 봐도 환자!'라는 느낌이잖아. 뭐, 환자인 건 맞지만, 기분상 말이지. 그래서 입원용 짐에 사복을 몇 벌 넣어둔 거야."

"산책?"

"아, 미리 말해두는데 그 부분은 간호사의 허락을 확실하게 받고 있다고!"

"그래. 너무 무리하지는 말고."

사신 씨는 고개를 살짝 젓고 마치 간호사 같은 말을 했다.

그러고 보니 지금보다 훨씬 어릴 적에도 이런 말을 들은 적이 있었던 것이 생각났다. 그 시절엔 지금보다 훨씬 상태가 안 좋아서 밖에 나가는 허락조차 받지 못했었다. 그래서 가끔 환자복 차림으로 몰래 외출할 때는 간호사에게 들키지 않으려고 어찌나 애를 썼는지 두근두근 아슬아슬 대모험 같았다.

그런 나와 어울리며 항상 함께 모험해주었던 남자아이가 있었다. 그 아이는 지금 잘 지내고 있을까? 이곳으로 돌아오지 않았다는 건 분명 잘 지내고 있다는 뜻이겠지.

나와 비슷한 시기에 입원했는데 나보다 일찍 퇴원해서 그 이후로 만나지 못한, 내가 많이 좋아했던 아이. 언제나 웃는 얼굴로 다정했다. 그 아이가 퇴원했다는 걸 알았을 때는 무척 슬프고 외로웠다……. 분명 다시 만나러 와줄 거라고 생각했는데 결국 그날 이후로 한 번도 만나지 못했다.

하지만 세상일이 원래 그런 거라고 체념하곤 했었다. 나는 다른 사람들보다 오랫동안 병원에 있었기 때문에 많은 이들이 퇴원해서 가는 모습을 지켜봤다.

다들 그 순간에는 "놀러 올게!" "또 만나자!" "병문안 올게!" 같은 말들을 하지만, 다시 찾아온 사람은 아무도 없었다. 그도 그럴 것이다.

다들 투병 생활하느라 힘들었던 장소에 돌아오고 싶은 마음이 안 들 것이고, 게다가 온다고 해도 내가 살아 있다는 보장도 없으니까. 그러니 오지 않는다 해도 어쩔 수 없다.

그래, 어쩔 수 없는 거야. 그러니 특별히 외로울 것도 없다.

"왜 그래?"

"응?"

"왠지 힘들어 보이는 표정이길래."

"그냥 좀 예전 생각이 나서."

"예전?"

열려 있던 창문을 닫으면서 사신 씨가 묻는다.

"응. 예전에 방금 사신 씨처럼 말했던 아이가 있었는데, 싶어서."

"……그렇구나."

관심 없다는 듯한 반응에 나는 살짝 발끈해 심술궂게 말했다.

"뭐, 사신 씨와는 조금도 닮은 구석이 없지만 말이야. 그 애는 굉장히 다정하고 멋있고, 그리고……."

떠올리고 싶지 않은데 자꾸만 추억들이 가슴 속에 되살아난다.

"……."

"왜 그래?"

"아무것도 아냐! 어머, 시간 없다, 가자!"

갑자기 입을 다문 나를 걱정하는 건지 아닌지 알 수 없는 어조로 사신 씨가 말했다. 나는 표정이 안 보이게 일부러 모자를 푹 눌러쓰고 서둘러 병실 밖으로 나갔다.

“후우…….”

여기서부터는 당당하게 걸어서 병문안을 온 다른 손님들 틈에 섞이는 편이 눈에 띄지 않는다는 것을, 지금까지의 경험으로 미루어 알고 있었다. 희한하게도 소심하게 슬그머니 하는 편이 오히려 간호사들 눈에 잘 띄고 잘 걸리는 것이다.

나는 태연한 표정으로 간호 스테이션 앞을 빠져나간 뒤, 마침 도착해 있던 엘리베이터를 타고 부랴부랴 닫힘 버튼을 눌렀다. 문이 닫히기 직전, 스테이션 안에서 간호사가 엘리베이터를 향해 오려고 하는 것이 보이는 것 같았으나, 나는 모르는 척 그대로 닫힘 버튼을 연달아 눌렀다. 그 덕분에 멀리 보이는 간호사와 이쪽을 차단하듯 엘리베이터 문이 소리를 내며 닫혔다.

“좋았어! 성공!”

“안 걸렸네.”

“봤지? 이제 남은 건 외래 환자로 혼잡한 일층이야. 거기만 빠져나가면 아무한테도 잔소리 안 듣고 밖으로 나갈 수 있어.”

토요일은 오전 진료밖에 없어서 점심때를 지나서도 로비가 환자들로 넘친다는 건 사전에 조사를 마쳤다.

“너 행동력 끝내준다.”

순간 빈정대는 건가 싶었는데 아무래도 사신 씨는 순수하게 감탄하고 있는 듯했다. 그래서 나도 “뭐, 좀 그렇지” 하고는 빠른 걸음으로, 그러나 결코 뜀박질은 되지 않도록 신경 쓰며 로비를 빠져나갔다. 그리고 이제 거의……!

"흡……, 휴우! 나왔다!"

밖으로 연결되는 자동문을 나간 뒤, 나는 어느 틈엔가 참고 있던 숨을 내쉬었다.

실은 나도 여기까지 무사히 올 수 있으리라고는 생각 못 했다. 간호 스테이션에서 간호사가 나올지도 모르고, 외래 진료가 평소보다 일찍 끝났으면 인적 없는 로비를 걸어야 해서 누군가에게 들켰을지도 모른다. 하지만 간호 스테이션에서 나온 간호사에게 들키지도 않았고, 평소 토요일처럼 진료 시간을 지나서도 아직 많은 사람이 한참 진찰을 기다리고 있었다. 그 덕분에 나는 아무에게도 들키지 않고 병원을 빠져나올 수 있었다. 해냈다.

"그럼, 어디 한번 가볼까!"

"그런데 어디로 갈 거야?"

"그렇게 멀리는 못 갈 것 같아. 그래서 내가 조사를 좀 해놨지."

나는 스마트폰 앱으로 가까운 게임센터를 검색했다. 가고 싶은 곳은 여기저기 많았지만, 입원 중인 데다 평상시에는 병원 매점 정도밖에 갈 일이 없기 때문에 그렇게 멀리 갈 수 있는 돈을 갖고 있지 않았다.

"게임센터?"

"응. 왜? 이상해?"

"이상한 건 아니지만. 데이트라고 해서, 난 놀이공원이나 영화관 같은 델 말할 줄 알았지."

그의 말에 심장이 쿵 하는 소리가 들리는 것 같았다. 나도 사신 씨와 데이트하겠다고 마음먹은 날부터 생각을 많이 했다. 어딜 갈지, 무엇을 할지. 스마트폰으로 '데이트하기 좋은 곳' 같은 검색어를 넣어 검색해 보기도 했다. 하지만…….

"가고 싶지 않다고 하면 거짓말이겠지만, 영화는 시간이 너무 많이 걸리잖아? 영화 보고 곧장 병원으로 돌아가야 한다는 것도 왠지 좀 아쉽고. 놀이공원은……."

"놀이공원은?"

어차피 대부분의 놀이기구를 탈 수 없는 내게 놀이공원은 그림의 떡이다. 그러니 어차피 가더라도 마음껏 즐길 수 없다는 걸 나는 알고 있었다. 어린 시절, 일시퇴원을 했을 때 엄마 아빠랑 함께 놀이공원에 간 적이 있었다. 탈 수 있는 건 별로 없었지만 재미있고 즐거웠다.

"음……. 아무것도 아냐! 그리고 내가 게임센터에 가본 적이 없어서 한번 가보고도 싶었어."

"그래……."

진짜다. 만화 속 여주인공이 하굣길에 좋아하는 남자아이와 둘이서 게임센터에 가는 방과 후 데이트 장면을 정말 부러워했었다. 뭐, 지금 내 상대는 좋아하는 사람이 아니라 내 영혼을 가져갈 사신이라는 점이 유감이지만.

"그러니까 괜찮아."

"그래. 그럼 가자."

사신 씨는 손을 내밀더니 그렇게 말했다. 나는 순간 영문을 몰라 눈만 동그랗게 떴다. 그는 그런 내 손을 꼭 잡았다.

"데이트라며?"

"사신 씨!"

잡은 손에 힘을 주고 아무 생각 없이 치켜들려는 순간, 나를 제지하듯 사신 씨는 말했다.

"혹시나 해서 말해두겠는데! 내 모습은 다른 사람들 눈에 안 보이잖아. 그러니까 내 팔을 휙휙 돌리거나 그러면 너만 혼자 신나게 팔을 돌리고 있는 수상한 사람으로 보일 거야."

"그래도 상관없으니까 한번 시험해봐도 될까?"

"안 돼. 그럼 손 놓을게."

"아아, 뭐야! 알았어, 그럼 안 할게. 됐지?"

툭 놓은 손을 부랴부랴 다시 잡자 사신 씨가 어이 없다는 듯 말했다.

"못 말린다."

말은 그렇게 해도 잡은 손을 다시 꼭 잡아준 걸 보면 실은 다정한 것 같다. 사신이 다정하다니 뭔가 이상한데? 그런 생각을 하고 있자니 어째 좀 웃기다. 하지만 나는 필사적으로 웃음을 참고 헛기침을 한 뒤 사신 쪽을 바라보았다.

"고마워."

"뭘."

온기가 느껴지지 않는 차가운 손을 꽉 잡으며 그렇게 말하자, 그는 짧게 대답하고는 걷기 시작했다. 나도 그런 사신의 곁을 걸었다. 둘이서 천천히 발걸음을 맞춘다.

오랜만에 느끼는 병원 밖 흙냄새와 약간 쌀쌀한 바람이 기분 좋았다. 병원 안은 실내 온도가 일정해서 춥고 더운 것을 느낄 일이 없다. 바깥

공기를 접하는 건 사신이 찾아올 때마다 열리는 창문으로 불어 들어오는 바람 정도가 다였다.

그래도 이렇게 걷고 있으니 지금이 봄이라는 걸 실감할 수 있다. 창문 너머로 보이던 벚나무가 계절상 봄이 되었음을 가르쳐주긴 했지만, 온몸으로 직접 느끼는 것과는 전혀 다르다.

"안 추워?"

봄이라고는 해도 아직 그렇게 따뜻하지는 않다. 차가운 바람이 불어와 무심코 어깨를 움츠리는 나에게, 사신 씨는 발걸음을 멈추고 걱정스러운 말투로 그렇게 물었다. 하지만 여기서 되돌아갈 수는 없다.

"괜찮아."

그렇게 말하고, 나는 움직이지 않는 사신 씨를 잡아당기며 걷기 시작했다. 이제 시작이다. 겨우 이 정도로 "역시 돌아가자" 따위의 말을 들을 수는 없지.

"뭐 해, 빨리 가자."

"아, 잠깐만……."

"저기, 사신 씨는 게임센터에 가본 적 있어?"

"나? 그야 뭐, 있다고 하면 있지만……."

"그건 사신으로서? 아니면……."

소박한 질문이었다. 이 사람은 줄곧 사신이었을까? 어쩌면 사신으로 살기 전에는 인간이지 않았을까. 하지만 그는 고개를 저었다.

"비밀."

"에이, 뭐야. 가르쳐줘."

"개인적인 일에는 대답할 수 없습니다."

"그게 뭐야, 이제 와서……."

내가 투덜대자, 사신 씨는 난감한 듯 후드 너머로 머리를 긁적였다.

"하여간 못 말린다니까."

"앗싸!"

"네가 생각한 대로, 사신이 되기 전. 아직 인간이었을 때."

"역시! 그럴 것 같았어. 저기, 사신 씨는 어떤 사람이었어?"

내 질문에 그는 목에 손을 대고 잠시 골똘히 생각하더니 이내 입을 열었다.

"음, 평범했어. 특별히 즐거운 일도 없었고 그럭저럭 살다가 그럭저럭 죽었어."

"왠지 지루했을 것 같아."

"그러게. 그래서 네가 나보다는 훨씬 제대로 살고 있어서 대견하다고 생각해."

"나도 뭐, 딱히……."

갑자기 진지한 목소리로 그런 말을 들으니 어떻게 반응해야 좋을지 난감하다.

"왜 그래?"

무심코 고개를 돌린 나에게 사신 씨는 의아하다는 듯 물어왔지만 나는 아무 말도 할 수 없었다. 무엇 하나 칭찬받을 만한 일을 한 적이 없다. 열심히 살고 있지도 않고 최선을 다하지도 않는다. 그저 두려워서 도망치고 있을 뿐이다. 나 자신을 마주하고 죽음을 의식하기가 그저 두려운 것뿐이다. 그 사실을 사신의 말을 듣고 새삼스레 깨닫다니…….

"그……."

"아, 저기다!"

"어?"

"저거 아냐? 게임센터."

내가 화제를 돌리듯 손가락으로 가리키는 방향으로 시선을 옮기자, 사신 씨는 잠시 고민하듯 뜸을 들인 뒤 고개를 끄덕였다.

"아, 어. 그런 것 같아."

"앗싸! 빨리 가자!"

결국 나는 '왜 그러냐'는 그의 질문에 대답하지 않고, 잡은 손을 끌고 게임센터로 향했다. 입구 쪽에서 받은 티켓을 주머니에 넣고 우리는 게임센터 안으로 들어갔다.

"와, 이런 곳이구나."

실내는 음악 소리와 사람들의 목소리로 가득했다. 이 정도로 시끄럽다면 내가 사신과 이야기하는 모습을 누군가 보더라도 아무도 신경 쓰지 않을 것 같다. 그건 그런데…….

"게임센터가 원래 이런 느낌이야?"

"무슨 말이야?"

"커플보다 남자애들끼리 오거나 가족끼리 온 사람들이 더 많잖아."

"그러네, 휴일 오후에는 이런 느낌인가 봐. 평일 저녁이라면 데이트 하는 학생들이 오거나 하지 않을까?"
"흐음. 뭐야, 재미없게."
나도 모르게 새어 나온 말에 당황해서 사신 쪽을 바라보았다.
"그게 아니고!"
"응?"
"아니, 사신 씨랑 같이 온 게 재미없다든가 그런 게 아니라, 그……."
"알아, 나도."
"어……?"
그 말투가 너무도 다정해서, 보이지도 않는 그의 얼굴을 자연스레 올려다보고 있었다.
"나도 알아. 만화에서 여자애들이 좋아하는 남자애랑 데이트하던 그런 장면을 동경했었잖아."
"어떻게……."
"다 알지. 나는 너의……."
"나의?"
사신 씨는 거기까지 말하다가 어째선지 입을 다물어버렸다. 대체 무슨 말을 하려던 걸까? 의아하게 생각하고 있는데, 에헴 하고 작게 헛기침을 하더니 입을 열었다.
"너의 담당이니까."
"담당이면 그런 것까지 조사해?"
"아니. 다른 사람은 어떤지 모르겠지만. 그래도 난 이왕이면 후회 없이 보내고 싶어서.”

은근히 얼버무리는 것 같은 기분도 들었다. ……하지만.

“사신 씨답네.”

“나답다고?”

그는 내 말에 이해가 안 간다는 듯 그렇게 말했다. 그런 말을 할 수 있을 만큼 오래 알고 지낸 사이는 아니지만, 그래도 처음 만난 그날부터 오늘까지 매일같이 얼굴을 마주하다 보니, 그가 서투르지만 성실하다는 사실은 나도 안다. 첫 만남 때처럼 차갑고 무서운 인상은 이제 없다. 그러니까…….

“당신이 내 담당이라서 다행이라는 뜻.”

“흠…….”

“앗! 저건 스티커처럼 나오는 사진이지? 나 저거 찍고 싶어! 가자!”

“아, 아아…….”

어쩐지 쑥스러워서 나는 안쪽에서 발견한 촬영 코너로 향했다. 그런 나를 뒤쫓듯 사신 씨도 걸어왔다.

“빨리, 빨리!”

……그러고 보니, 사신 씨가 과연 사진에 나올까? 나오면 좋을 텐데. 하지만 그런 나의 기대는 맥없이 무너졌다.

“아아……. 역시 안 찍히는구나.”

당연히 사신 씨가 있어야 할 부분이 휑하니 비어 있는 스티커를 들고 나는 한숨을 내쉬었다. 아무래도 사진에는 안 찍히는 모양이다. 모니터에는 보이길래 찍히는 줄 알았는데.

"……내가 그랬잖아. 나랑 가도 재미없을 거라고."

그 말이 어쩐지 쓸쓸하게 들려 나는 손 안에 있는 스티커를 꽉 쥐고는 가방 속 깊이 집어넣었다. 어쩔 수 없다는 건 알지만, 조금 슬프다. 사진을 찍을 수 없는 사신 씨를 눈앞에서 확인한 것도 그렇지만, "나랑 가도 재미없다"라는 말을 그에게 직접 하게 한 것이 미안하고 마음이 아프다.

"미안……."

"저기."

"어?"

고개 숙인 채로 사과하는 내 머리 위로 사신 씨의 목소리가 들려왔다. 그 소리에 고개를 들자, 사신 씨는 게임기 한 대를 가리키고 있었다.

"저게 왜?"

"아까 받은 티켓으로 할 수 있는 것 같아."

'아까'라는 말에 그러고 보니 입구에서 종이를 받았었다는 것이 생각나 주머니를 뒤졌다. 그 종이에는 '인형 뽑기 서비스권'이라고 적혀 있었다.

"이걸 공짜로 할 수 있다는 걸까?"

"그런 것 같아. ……저기, 이거 내가 해봐도 될까?"

"사신 씨가?"

무심코 그렇게 되묻자, 그는 당황한 듯 말했다.

"아, 아니, 네가 한다고 하면 나야 안 해도 되지만. 난 그냥 혹시나 네가 할 생각이 없다면 한번 해볼까 싶어서……."

"좋아."

일부러 함께 왔는걸. 이왕이면 사신 씨도 즐거웠으면 좋겠다.

"근데 이거 어떻게 하면 되는 거야?"

"음, 아마 점원한테 말하면 될 것 같아."

"알았어!"

가까이 있던 점원을 불러 티켓을 보여주자, 점원이 기계를 조작해 돈을 넣지 않아도 한번 이용할 수 있도록 설정해주었다.

"와! 이렇게 해주는구나!"

"뭐, 대개는 한 번에 절대 뽑을 수 없게끔 만들어놓고 두 번, 세 번 뽑게 하려는 속셈이겠지만."

점원이 가고 난 뒤, 사신 씨는 인형 뽑기 기계에 손을 뻗었다. 그 안에는 손바닥만 한 곰이나 토끼 같은 봉제 인형이 달린 열쇠고리들이 나열되어 있었다.

"어떤 걸 갖고 싶어?"

"어? 음, 난 거북이!"

"거북이? 토끼 같은 거 말고?"

"거북이가 좋아!"

고개를 갸웃거리면서도 사신 씨는 레버에 손을 올렸다.

"아, 맞다."

"어?"

사신 씨는 뭔가 생각났다는 듯 나를 손짓해 불렀다. 그러더니 내 손을 잡고는 레버 위에 올린 자신의 손에 포갰다.

"왜, 왜 이래?!"

"네가 조작하는 것처럼 안 하면 주변에서는 레버가 혼자 멋대로 움직이는 것처럼 보일 거 아냐."

"아, 그, 그렇구나."

그의 손 위로 레버를 잡자 생각보다 훨씬 거리가 가까워져 가슴이 콩닥거렸다. 이렇게 가까우면 내 심장 소리도 들리는 거 아닐까? 아니다, 그보다 손바닥에 난 땀을 어쩌면 좋지.

"왜 그래?"

"아, 아니야! 괜찮아!"

그는 이상하다는 듯 고개를 갸웃거리고는 다시 시선을 돌렸다. 나는 작게 숨을 내뱉고, 사신 씨의 시선을 좇듯이 인형 뽑기 기계를 바라봤다. 내가 갖고 싶다고 한 거북이 인형이 달린 열쇠고리는 곰과 토끼 열쇠고리 밑에 거의 깔려 있었다.

"자, 그럼 간다."

그렇게 말하고 사신 씨는 민첩하게 레버를 조작해 집게발을 거북이 쪽으로 다가가게 한다. 그리고…….

"와! 뽑았어!!"

그는 인형을 꺼내는 입구에 손을 뻗더니 거북이 인형이 달린 열쇠고리를 꺼내 나에게 던졌다.

"대단한데!"

"뭐 이 정도는 별거 아니야."

말은 무뚝뚝하게 하지만 인형을 뽑은 그 순간, 나는 그가 작게 주먹을 불끈 쥐며 승리 포즈를 취하는 모습을 놓치지 않았다.
"후훗."
"왜?"
"아무것도 아냐."
생각지 못한 부분에서 사신 씨의 귀여운 면모를 발견한 나는 입가에 미소를 띤 채 거북이 인형을 꼭 안고 그의 손을 끌어당겼다.
"자, 다음! 다음 코스로 가자!"
"자, 잠깐……."
"빨리 움직이지 않으면 다 하기도 전에 금방 저녁 되겠어!"
"할 수 없군……."
그가 내 손을 꼭 되잡는다.
"뛰면 안 돼."
"넵!"
난감한 듯한 어조로 주의를 주는 사신 씨의 말에 대답하고 나는 맞잡은 손을 크게 휘두르며 게임센터 밖으로 뛰어나갔다. 주변 사람들이 이상한 애 보듯 쳐다보지만, 상관없다. 지금 이렇게 사신 씨와 나들이 중이라는 것이 즐거우니까. 그 마음을 사신 씨도 알아주길 바라니까.

"아, 소프트아이스크림이다!"
"그러네. 이런 계절에는 흔치 않은데."

"우리 나눠 먹자!"

"그건 상관없지만……."

대답을 다 듣지도 않고 나는 가까운 공원에 있는 소프트아이스크림 가게를 향해 걷기 시작했다. 그리고 바닐라 아이스크림을 하나 사서 사신 씨와 함께 벤치에 앉았다. 밖에서 먹는 소프트아이스크림은 병원 간식으로 나오는 아이스크림보다도 훨씬 차갑고 맛있었다.

"자, 사신 씨도 먹어."

"나는……."

"못 먹는다고 말하려는 거지?"

"어떻게……."

"내가 맞힌 거야? 사신 씨 반응을 보고 왠지 그런가 보다 했지."

함께 먹을 수 있으면 좋았겠지만, 그래도 이렇게 옆에 있어 주는 것만으로도 충분하다. 그랬는데…….

"그거."

"어……?"

"먹여줘."

방금 들은 말이 순간적으로 이해가 되지 않아 고개를 갸웃거렸다. 그런 나에게 사신 씨는 한 번 더 장난스럽게 말했다.

"네가 먹여줘. 그러면 먹을게."

"뭐……!"

"자, 빨리."

그는 후드를 살짝 들고 입을 벌렸다. 설마 내가 이런 말을 들으리라고는, 게다가 사신 씨가 이런 말을 하리라는 생각도 못 했다. 어떻게 해야 할지 고민하다가 슬며시 아이스크림을 내밀었다.

"아, 해."

"어?"

"아, 아니. 사신 씨가 먹여 달라며?"

"너도 진짜……."

걷어 올린 후드 자락 너머로 사신 씨의 뺨이 발그레해진 것이 보인다. 하지만 지금 내 뺨도 그 못지않게 붉어졌겠지. 나는 단지 나를 놀리는 사신 씨를 놀릴 생각이었다. 그런데…….

"추릅……."

"어……?"

"잘 먹었어."

사신 씨의 돌발적인 행동에 내가 그대로 굳어 있자, 그는 입가를 날름 핥고는 다시 후드를 원래대로 썼다. 그 동작에 왜 내 심장이 두근거리는 거지? 하지만 그런 동요를 눈치채게 하고 싶지 않아서 나는 타박하듯 그를 올려다보며 말했다.

"못 먹는 거 아니었어?"

"딱히 그런 말은 안 했는데. 사신에게는 배고프다는 개념이 없어서 굳이 뭘 먹을 필요는 없지만. 그렇다고 해서 못 먹는 건 아니야."

"뭐야, 치사해!"

민망함을 얼버무리려고 얼른 소프트아이스크림을 한 입 먹자, 시원함이 입안 가득 퍼진다. 그 시원함이 꼭 사신 씨의 손바닥처럼 기분 좋았다. 입안은 이렇게 차가운데 뺨은, 그리고 가슴 속은 어째서 이토록 뜨거운 걸까. 어째서 이토록 가슴이 아픈 걸까.

순간, 과거에 느꼈던 가슴 통증과 똑같은 기분이 들어서 나는 황급히 고개를 저었다. 아니야. 그럴 리 없어. 내가 좋아하는 사람은……. 지금도 늘 생각하는 사람은…….

"왜 그래?"

"아무것도 아냐."

당혹스러운 마음을 들키지 않도록 나는 손에 든 소프트아이스크림을 열심히 먹었다. 이유는 모르겠지만 아이스크림은 아까보다 더 달고, 그러면서도 아주 조금은 쌉싸름하게 느껴졌다.

오랜만에 먹는 아이스크림인데도 오 분도 채 안 걸려 다 먹고는 쓰레기통을 찾으려고 주변을 둘러보았다. 아무래도 쓰레기통은 아이스크림 가게 옆에만 있는 듯했다.

"다 먹었어. 쓰레기 버리고 올게."

서둘러 일어선 내 뒤로 그의 목소리가 들렸다.

"그렇게 서두르다 넘어져."

"괜찮다니까……. 앗, 꺅!"

못 미더워하는 사신 씨를 돌아보면서 괜찮다고 손을 흔든 다음 순간, 나는 미처 발밑에 단차가 있다는 걸 인지하지 못 했다.

"앗!"

"그러니까 내가 조심하라고 했잖아."

"어?"

나는 그대로 넘어지는 줄 알고 눈을 질끈 감았다가, 바로 옆에서 들리는 어이없어하는 목소리에 슬며시 눈을 떴다.

"사신 씨……?"

"흥분도 적당히 해야지. 안 그러면 금방 병원으로 돌아가게 될 거야."

고꾸라질 뻔한 나를 받치느라 내 허리에 손을 대고 있는 사신 씨의 모습이 보였다.

"깜짝이야……."

"그건 내가 할 말이지."

"날 구해준 거야?"

몸을 일으킨 내게서 떨어지더니, 그는 목을 만지작거리며 시선을 돌렸다.

"그런 데서 잘못 넘어졌다가 사인이 바뀌기라도 하면 곤란하니까."

"고마워."

"뭘."

무뚝뚝하게 말하더니 그는 내 손에서 쓰레기를 집어 들었다.

"어?"

"차라리 내가 버리고 오는 게 낫겠어."

그렇게 말하고 나를 벤치에 앉히더니, 사신 씨는 나 대신 쓰레기를 버리고 벤치로 돌아와 물었다.

"그래서? 다음은 어디로 가는 거야?"

"음, 일단은 잠시 휴식. 조금만 기다려줄래?"

"알겠어."

사신 씨를 벤치에 남겨두고 나는 약간 떨어진 화장실로 향했다.
"후……."
세면대 거울 앞에 서서 거울에 비친 내 얼굴을 바라보았다. 평소보다 입꼬리가 조금 올라갔고 뺨에도 엷은 홍조를 띠고 있다. 바로 몇 시간 전까지 병원 침대에 누워 있었다는 것이 거짓말 같다. 그 정도로 지금의 나는 누가 봐도 아픈 사람이라고는 생각하지 않을 법한 얼굴을 하고 있었다.
"이제 어떻게 하지?"
아이스크림을 먹었더니 왠지 배가 고픈 것 같은데, 크레이프라도 먹으러 갈까? 아니면 사신 씨한테 가고 싶은 곳이 있는지 물어보고 그가 원하는 곳으로 가는 것도 좋은데. 아, 그런데 괜히 그런 걸 물었다가 "그럼 병원으로 돌아가자" 이러는 거 아냐?
"후훗, 재미있……. ……윽!"
그의 반응을 상상하니 재미있어서 그만 웃음이 새어 나왔다. 하지만 그런 나에게 '너는 환자야!'라는 걸 상기시키기라도 하듯 심장이 큰 소리를 내며 울렸다.
"으…… 윽……."
아직. 아직 괜찮아. 조금만, 조금만 더. 이렇게 밖에 나올 수 있는 기회는 두 번 다시 없을지 모르잖아. 그러니까 제발 부탁이야. 조금만 더 내게 시간을 줘.
숨을 크게 들이마시고, 의식적으로 몸 속에 산소를 집어넣는다. 천천히 호흡을 안정시키고 흥분을 가라앉힌다. 사실은 약을 먹는 것이 가장 좋지만 공교롭게도 가방 안에는 비상용 알약밖에 없다. 저녁 무렵까지 잘 넘어갈 수 있을 정도로만, 어떻게든 진정해.

"괜찮아……. 괜찮아……."

조금씩이나마 통증이 가라앉기 시작한 것 같다.

들이마신 숨을 후, 내뱉고 나는 다시 한 번 거울을 봤다. 거울 속에는 창백한 얼굴을 한, 평소의 내가 있었다. 결국 내게는 이 얼굴이 제일 어울리는 걸까.

"돌아가야지……."

화장실에 간다고 하고 나온 지 꽤 시간이 흘렀으니 사신 씨가 걱정하고 있을지도 몰라. 나는 억지로 입꼬리를 한껏 올려 웃는 얼굴을 한 채 화장실을 나왔다.

"어……?"

벤치에서 기다리고 있을 사신 씨에게 돌아가려던 순간, 나는 시야에 들어온 광경에 왠지 모를 위화감을 느꼈다.

화장실에서 좀 떨어진 곳의 벤치에 앉아 있는 그의 앞에 누군가가 있었다. 마치 사신 씨가 보이기라도 하는 것처럼 그와 마주 보고 있는 한 남자. 하지만 사신은 보통 사람에게는 보이지 않을 텐데, 이게 대체 어떻게 된 일이지……. 의아하게 여기며 서둘러 그가 기다리는 벤치로 다가갔다. 거의 다 왔다 싶은 찰나, 내가 오는 것을 알았는지 사신 씨의 시선이 이쪽으로 향했다. 반사적으로 움직이듯 그의 앞에 선 남성도 시선을 내 쪽으로 돌렸다.

"아……."

어쩌면 좋지. 고민하는 사이, 그 남자가 이쪽을 향해 걷기 시작했다.

"어……?"

무슨 말을 하려나 싶어 나도 모르게 경계하는 자세를 취했으나, 그 사람은 내게 말을 걸지 않고 그대로 지나갔다. 그저, 순간적으로 내 얼굴을 힐끗 본 것 같은 기분이 들었는데 그건 기분 탓인가.

"지금……."

"응?"

"방금 지나간 사람 뭐야?"

그 사람이 완전히 사라진 뒤에 사신 씨에게 물었다. 뭐라고 답하려나. 나처럼 담당하고 있는 사람인 걸까? 아니면 혹시 사신 씨의…….

"글쎄?"

"글쎄라니……."

"앉을 곳을 찾고 있는지 갑자기 다가왔어."

"아는 사람, 아니었어?"

"아는 사람? 나랑? 왜?"

그는 목에 손을 대더니 어이없다는 듯 웃었다. 그 말투가 너무도 자연스러워서 나는 아무 말도 할 수가 없었다.

"잠시 긴장은 했지. 내 위에 앉아버리면 어쩌나 싶어서."

"위에 앉아?"

"농담이야."

그렇게 말하며 장난치는 사신 씨는 평소보다도 밝고 즐거워 보였는데, 그 모습이 왠지 마음에 걸렸다.

"왜 그래?"

"음. 오늘 왠지 사신 씨 기분이 좀 좋은 것 같아서."

"그래?"

"그렇다니까."

오늘, 이라기보다 아까부터 갑자기…… 라는 말은 그냥 삼켜버렸다. 그러자 그는 잠깐 사색하는 듯한 시늉을 하고는 이렇게 말했다.

"어쩌면 나도 조금은 오늘을 기대하고 있었는지도 모르지."

"뭐?"

"너는 데이트를 해본 적이 없다고 했는데, 사실 나도 마찬가지거든."

"그 말은……."

"나에게도 이게 첫 데이트라는 뜻."

그 말에 내 심장이 쿵, 하고 크게 울렸다. 사신 씨에게도 오늘이 첫 데이트라니……. 그 한 마디가 왜 이렇게 기쁘게 다가오는 걸까.

……기쁘다고?

"……."

나도 모르게 심장을 누른다. 두근두근, 작지만 확실한 소리를 내며 울려 퍼지는 심장을. 나는 왜 사신 씨에게도 이것이 첫 데이트이길 바랐던 걸까? 어째서…….

"왜 그래?"

"윽……! 잠깐만!"

"으, 응."

갑자기 내가 입을 다물자, 사신 씨는 그런 나를 의아하다는 듯 바라본다. 하지만 나는 그의 시선에도 아랑곳하지 않고 이 알 수 없는 감정이 무엇인지에 대해 생각하기 시작했다. 나는 분명 사신 씨도 데이트 경험이 없다는 말을 듣고 기뻤다. 그런데 왜 기뻤던 거지?

……순정만화 같은 데서 읽은 바로는, 그 사람을 좋아하니까 그 사람의 처음이 되는 것이 기쁘다는 뭐 그런 패턴인데. 하지만 이건 다르다. 왜냐면 나는 그를 좋아하는 게 아니니까. 그럼 이유가 뭐지?

사신 씨의 모습을 가만히 바라본다. 얼굴도 보이지 않고 무뚝뚝하면서도 다정한 사신을. ……어쩌면 내가 그 애를…… 그 애의 모습을 사신에게 덧대고 있는 건가?

"그럴 리가……."

없다고 부정하고 싶었다. 하지만 모르겠다. 모르겠지만, 왜일까? 사신 씨를 보면 잊고 있던 감정이 가슴 속 깊은 곳에서 되살아나는 것 같은 기분이 든다. 두 사람이 닮아서일까? 겉모습이 아닌, 다른 무언가가 닮아서…….

"아, 그런 거 몰라!"

"뭐, 뭐가?"

"아무것도 아냐!"

사신 씨는 고개를 갸웃거리며 나를 쳐다본다. 그런 그의 모습에 나도 모르게 웃음이 났다.

너무 깊이 생각하지 말자. 지금 눈앞에 있는 건 사신 씨고, 나는 이 사람과 데이트를 하고 있으니까. 이런 식으로 누군가와, 그것도 남자와 외출하는 일 같은 건 없었으니 마음이 한껏 들뜨는 것도 어쩌면 당연한 일이다.

“이제 크레이프 먹으러 가자.”

“뭐? 또 먹으려고?”

“싫어? 그렇다면…….”

심지어 남자와 이렇게 마주 보고 웃으며 뭔가를 상의해본 적조차 없었다. 이런 소소한 것들이 즐거움이고 기쁨이지. 그럼 된 거 아닐까.

“그럼 사신 씨가 가고 싶은 곳으로 데려가.”

“어? 내가?”

“그래! 그래도 명색이 데이트인데. 한 군데 정도는 사신 씨가 정하는 것도 괜찮잖아?”

“음…….”

무리한 이야기를 하고 있다는 건 알지만, 이렇게 고민해주는 것만으로도 기쁘다. 결국엔 분명 “나는 못 정하겠어”라거나 “병원으로 돌아갈까?”라고 하겠지. 그렇게 말하면 나는 어디를 가자고 제안할까.

“그럼…….”

그런데 그런 나의 예상을 깨고, 그는 뭔가가 떠올랐다는 듯 입을 열었다.

“와! 전망이 너무 멋져!”

“잠깐, 그렇게 움직이면 흔들려.”

"뭐야, 사신 씨가 그랬잖아. 이게 좋다며."

"그야 그렇지만, 이게 무슨 테마파크 어트랙션도 아니고……."

우리는 지상 삼십 미터 높이에 있었다. 그렇다고 특별히 위험한 일을 하고 있는 것은 아니다. 근처 쇼핑몰에 설치된 관람차 안에 있다. 그가 관람차를 타고 싶다고 말했을 때는 깜짝 놀랐지만…….

"이게 얼마 만에 타보는 관람차인지."

"타본 적 있어?"

"무시하지 마! 이건 내가 놀이공원에서 탈 수 있는 몇 안 되는 놀이기구 중 하나야."

"다른 건 또 뭐가 있어?"

당당하게 말하는 나에게 사신 씨는 고개를 갸웃거리며 묻는다. 나는 나지막이 중얼거렸다.

"……회전목마."

"훗."

"뭐야, 무시했어! 나도 어쩔 수 없다고, 심장병 환자는 의외로 놀이기구 타는 데 제한이 많단 말이야!"

토라진 듯한 투로 말하고 나니 왠지 창피해졌다. 그런 건 사신 씨와는 상관없는 일인데 그래서 어쩌라는 거냐고 하면 할 말이 없다. 그래도…….

"알아."

"어……?"

"네가 지금까지 얼마나 많은 것들을 참고 견뎌왔는지, 나도 알고 있어. 말은 그렇게 해도 실은 놀이공원에도 가보고 싶었지?"

그 말에 심장이 또 쿵, 소리를 냈다. 어떻게 이 사람은 지금까지 아무도 몰라준 내 속마음을 알아주는 거지? 어떻게 내 본심을 알고 있는 거냐고. 다른 이도 아니고, 사신 씨가…….

"그건 당신이 내 담당이라서? 그래서 아는 거야?"

"……그렇지."

간신히 꺼낸 내 말에 그는 목을 만지며 그렇게 대답했다. 그 동작에 마음이 술렁거린다.

"저기, 사신 씨."

"왜?"

"뭐 하나 물어봐도 돼?"

"……답할 수 있는 거라면."

사신 씨는 내 쪽을 보지 않는다.

"당신 혹시, 내가 아는 사람이야……?"

"……."

"아니야, 미안. 아무것도 아냐. 내가 지금 한 말은 잊어줘."

그럴 리 없다, 그런 일이 있을 리가 없다고. 왜냐면 그는 분명 지금쯤 어딘가에서 나 같은 건 잊고 잘살고 있을 테니까.

"유감이지만 내가 아는 사람 중에 너 같은 애는 없었어."

"어……?"

"죽기 전이나 죽은 뒤에도."

사신 씨의 말에 내심 마음이 놓였다. 기껏 물어보고서는 부정하는 대답을 듣고 안심하다니.

"그렇구나……."

"그래."

그런데, 그럼……. 나는 사신 씨의 모습을 몰래 쳐다봤다. 목을 만지던 손으로 비뚤어진 후드를 고쳐 쓰고 사신 씨는 창밖으로 시선을 돌렸다. 심장이 두근두근 뛰는 소리를 들으며 나도 사신 씨의 시선을 좇듯이 석양으로 물든 하늘을 바라보았다.

"이제 곧 해 지겠네."

"그러게."

"슬슬 돌아가야겠다."

"그러게."

관람차 창밖으로 보이는 새빨간 석양은 예쁘지만 어쩐지 내 마음을 싱숭생숭하게 만들었다. 그런 마음을 애써 밀어넣고 사신 씨를 향해 말했다.

"고마워. 오늘 너무 재밌었어."

"정말? 즐거웠어?"

"응. 나, 이렇게 누군가와 함께 놀아보고 싶었거든."

"그랬구나, 다행이다."

미소 짓는 나에게 사신 씨는 안심한 듯한 목소리로 말했다.

나는 줄곧 누군가와 이런 외출을 하고 싶다는 생각을 했었다. 그 대상이 그 애가 아니라면 누구라도 상관없다고. 그래서 사신 씨에게 데이트하고 싶다며 밖으로 데려가 달라고 한 것이다. 그런데…….

이제 나는 안다. 누구라도 상관없었던 것이 아니다. 오늘 데이트가 무척이나 즐거웠던 이유는 분명…….

"그런데 아마 내가 아니었으면 훨씬 더 재밌었을 거야."

"응?"

사신 씨의 그 말에 즐거웠던 기분이 단숨에 식어버렸다. 왜 그런 말을 하는 걸까. 내가 즐겁다고 느낀 이유는…….

"아니야, 사신 씨랑 함께했기 때문이야."

"아니, 그건 기분 탓일 거야. 너는 단지 누군가와 밖에 나가고 싶었던 거야. 마침 그 상대가 나라서 그렇게 생각한 것뿐이고."

"그걸 어떻게 알아! 내가 함께 시간을 보낸 건 사신 씨잖아. 게임센터에 가고 소프트아이스크림을 먹고 관람차도 타고! 그건 전부 사신 씨와 나의 추억이잖아? 그걸 다른 누구와 했어도 좋았을 거라고 멋대로 말하지 마!"

"미, 미안……."

나의 시퍼런 서슬에 놀랐는지 그는 살짝 당황한 듯 그렇게 말했다.

"흑……."

툭툭, 발밑에 조그맣게 물이 고여 나는 내가 울고 있다는 것을 알았다. 감정이 북받쳐 눈물을 흘리다니, 어린애 같다. 생리적으로 흘러내리는 눈물을 닦고 나는 시선을 돌렸다.

"……."

"……."

관람차 안에 침묵이 흐른다.

아아, 안 돼. 감정에 치우치고 말았다. 사신 씨는 자신이 해야 할 일이라서 이렇게 함께 있어 주는 것뿐인데, 난 즐거운 기분을 망쳤다는 생각에 그만…….

어릴 적부터 늘 그랬다. 모두에게 나는 측은한 아이였다. 내가 아무리 재미있는 일을 발견하고 기쁜 소식을 전해도, 사람들은 내게 억지로 강한 척하지 않아도 된다며 계속 나의 씩씩함을 부정했다. 그러면 나는 내가 겪은 즐겁고 기쁜 일이 전부 다 없던 일이 되는 것 같아 그 말을 들을 때마다 기쁨으로 충만했던 마음이 산산이 부서지고 말았다.

그렇다고 해서 그 감정을 사신 씨에게 터뜨리는 건 잘못된 행동이다. 그는 그 사람들과는 다르니까. 하지만 어째선지 오늘만큼은 부정당하고 싶지 않았다. 사신 씨와 함께 보낸 시간을 즐겁고 기쁘게 느낀 감정을 부정당하고 싶지 않았다.

"……."

내가 말이 심했어, 미안. 그렇게 말해야 한다는 건 알겠는데 도저히 그 한마디를 하기가 어려웠다. 결국 그 말은 하지 못한 채 관람차는 지상에 도착했고 문이 열렸다.

"감사합니다."

담당 직원의 목소리에 등을 떠밀리듯 우리는 관람차에서 내렸다. 조금 전까지 새빨갛던 석양도 저물기 시작했다. 시계를 보니 저녁 식사 시간까지 삼십 분도 채 남지 않았다. 슬슬 끝낼 시간인가.

"갈까?"

"……그럴까."

"어?"

걸어가려는 내 팔을 휙 잡아당기더니, 사신 씨가 내 몸을 바짝 끌어당겼다.

"뭐, 뭐야……?"

"말하지 마. 그러다 혀 깨물어."

"꺅!"

정신 차려 보니 내 몸은 사신 씨에게 안겨서 허공을 날고 있었다.

"헉……. 떠, 떨어질 것 같아!"

"내가 잘 붙잡고 있으니까 걱정 마."

"악……!"

눈을 질끈 감은 채 필사적으로 사신 씨의 목에 두 팔을 두르고 나는 떨어지지 않으려고 달라붙었다.

"그렇게 꽉 조르면 숨막혀."

"미, 미안!"

그의 말에 조심스레 팔에 힘을 풀고 눈을 뜨고 보니, 나는 사신 씨에게 안긴 채 저녁노을이 진 하늘을 날고 있었다.

"굉장해……. 예쁘다……."

이토록 아름다운 저녁노을을 본 건 태어나서 처음인 것 같다.

심장이 아플 정도로 두근거리고 있다는 걸 안다. 하지만 이 두근거림은 하늘을 처음 날아서 그런 것이지, 딱히 다른 뜻이 있는 건 아니다. 그래, 이를테면 공주님처럼 안겨 있는 이 상황에 두근거린다든가 그런 게 아니라고…….

누군가를 향한 변명도 아니고 혼자서 중얼거리고 있는데, 사신 씨는 주변을 훤히 내려다볼 수 있는 커다란 나뭇가지 위에 내려섰다.

“기분은 나아졌어?”

“어……?”

“아까는 미안.”

“아……. 아니야, 나야말로 말이 심했어.”

“아냐, 내가 미안해. 실은 일이라는 생각이었는데. 그게, 그, 나도 오늘은 즐거워서. 그만 어린애 같은 말을 해버렸네.”

그게 무슨 의미일까? 뒤를 돌아 사신 씨를 올려다본다. 얼굴은 후드에 가려 잘 보이지 않지만 석양에 비쳐선지 뺨이 붉게 물든 것처럼 보였다.

“그러니까, 난 그, 굳이 내가 아니어도 너는 아마 즐거웠을 거라고 생각하니까 살짝 좀 억울했달까…….”

“사신 씨?”

“아무것도 아냐. 자, 빨리 안 가면 저녁 식사 시간에 늦겠어. 서두를 테니까 꽉 잡아.”

“앗, 꺅!”

나뭇가지에서 폴짝 뛰어내리더니 사신 씨는 속도를 올리며 병원을 향해 나아가기 시작했다. 어렵게 그의 속마음을 들은 것 같은데 이대로 돌아가야 한다니……. 나는 뭔가 이야기를 해야겠다 싶어 열심히 화제를 찾았다.

“저, 저기 사신 씨!”

"왜?"

"그, 그게……. 아, 그래. 하늘! 사신 씨는 하늘을 날 수가 있구나!"

"엥?"

내 말에 그가 황당하다는 듯한 목소리를 냈다.

"이런 걸 할 수 있는 줄 몰랐어! 대단하네!"

"너는 지금껏 내가 병실까지 어떻게 들어왔다고 생각한 거야?"

"앗……."

하긴 그렇다. 사층에 있는 병실 창문을 통해 항상 들어오니까 하늘을 날 수 없다면 들어올 수 없었을 테다. 그런 당연한 걸 모르고 있었다니……. 무심코 입을 다물어버린 내게 사신 씨는 "그런데" 하고 말을 이었다.

"하늘 나는 거, 실은 나도 무서워."

"거짓말."

사신 씨의 목소리 톤이 너무 진지해서 나는 웃음이 터졌다.

"웃지 마."

토라진 듯 말하는 사신 씨는 꼭 평범한 인간 같아서, 그 모습이 재미있어 나는 또 한 번 웃었다.

"웃지 말라니까. 이제 거의 다 왔어."

그 목소리에 시선을 정면으로 돌리자 익숙한 병원이 바로 보였다. 병실로 직접 가는 건가 싶었는데, 안에 간호사가 있으면 곤란하다며 사신 씨는 옥상에 착지했다.

"고마워."

"별말씀을. 이제 다른 미련은…… 아니, 해보고 싶은 건 없어?"

"없어! 오늘 정말 즐거웠어!"

처음엔 무서웠지만, 하늘을 난다는 건 아주 기분 좋은 일이구나! 이렇게 재미있는 일이 무섭다니, 사신 씨도 참 특이하다니까. 응? 그러고 보니, 어?

"그러고 보니 아까 관람차 탔었잖아. 그건 괜찮았어?"

고소공포증이라면 관람차도 안 되는 거 아닌가? 문득 궁금해져서 물어보자, 그는 머리를 긁적이면서 대답했다.

"관람차처럼 뭔가의 안에 들어가 있는 건 그래도 괜찮은데, 내가 스스로 날고 있다는 그 감각에는 도무지 적응이 안 돼서……."

"그런 거야?"

잘은 모르겠지만, 그런 자신 없는 일을 날 위해서 해줬다는 사실이 기뻐서 나도 모르게 미소가 지어진다. 사신은 그런 나에게 "이제 얼른 병실로 돌아가" 하고 무뚝뚝하게 말하고는 노을 진 하늘 속으로 사라져 갔다.

그의 뒷모습을 배웅하고, 나는 살그머니 엘리베이터를 타고 내렸다. 다행히 병실에는 아무도 없고 특별히 어수선해진 것 같지도 않아서 무사히 들키지 않고 돌아올 수 있었다.

"후……."

평상시 입는 환자복으로 갈아입고 침대 속으로 들어갔다. 그와 동시에 문을 두드리는 노크 소리가 들렸다.

"네."

"저녁 식사 시간."

마키타 씨는 그렇게 말하고 침대 위에 이동식 테이블을 펼치고 그 위에 저녁 식사를 놓아주었다.

"감사합니다."

몸을 일으켜 밥을 먹으려는 나를 마키타 씨가 물끄러미 쳐다보고 있다는 걸 알았다.

"왜요……?"

"몸은 괜찮아?"

"네……?"

"엉뚱한 짓도 좋지만, 무슨 일 있을 때 힘든 건 마히로 자신이야."

"죄, 죄송해요."

아무래도 마키타 씨한테는 완전히 들킨 것 같다. 차분하게 꾸중을 한 뒤, 마키타 씨는 못 말린다는 듯 웃으며 나에게 물었다.

"재밌었어?"

"재밌었어요! 저요, 그렇게 즐거운 세계가 있는지 몰랐어요!"

"그랬구나. 그렇다면 이제 잔소리는 못 하겠네. 그럼, 밥 다 먹을 때쯤에 다시 올게."

마키타 씨는 다정하면서도 어쩐지 슬퍼 보이는 미소를 짓더니 병실을 나갔다. 혼자가 된 나는 석양이 다 지고 캄캄해진 밖을 바라봤다. 방금 전까지 저기 있었다는 것이 마치 거짓말처럼 병실 안에서는 바람의 냄새도 서늘한 밤공기도, 아무것도 느낄 수가 없었다.

그렇지만 평소처럼 공허한 마음은 들지 않았다. 그것은 분명 저 어둠의 저편에, 조금 전까지 내가 경험한 그 즐거운 세계가 있다는 걸 알았기 때문이다. 그렇게 생각할 수 있게 된 것은 사신 씨 덕분이다.

"고마워."

닿지 않을 인사를 조용히 속삭이고, 나는 식어가는 저녁밥에 손을 뻗었다.

3.
그래도 네 곁에 있을 거야

아침에 밖을 보니 햇빛에 반사되어 세상이 반짝거려 보였다. 창밖은 어제까지와 조금도 달라진 것이 없을 텐데 희한한 일이다. 가져다준 아침을 먹고, 나는 살짝 설레는 마음으로 병실에 있었다. 사신 씨는 어떤 얼굴을 하고 올까? 어제는 지금껏 본 적 없는 사신 씨의 모습을 알게 된 것 같았다.

누군가에 대해 알고 싶다는 생각을 하다니, 이런 감정이 생기는 게 대체 얼마 만이지? 두근거리는 심장이 아주 조금 거슬린다.

숨을 크게 들이마시고 천천히 뱉어냈다. 어제 일이 생각나 내 뺨은 평소보다 뜨겁고 왠지 기분도 붕 떠 있었다. 그런데…….

"안 오네."

사신 씨는 점심때가 지나서도 병실에 오지 않았다. 평소라면 이 시간에는 와 있어야 하는데. 무슨 일이지?

혹시…….

"사신 씨."

아무도 없는 병실에 말을 건다. 그러자 창문 옆 커튼이 바람도 없는데 흔들렸다.

"거기 있어? 사신 씨."

"어, 있어."

커튼 자락이 뒤집히는가 싶더니 사신 씨가 모습을 드러냈다.

"언제부터 거기 있었어?"

"방금 왔어."

"왔으면 말을 하지."

"뭔가 골똘히 생각하는 것 같아서 말을 걸까 말까 망설이고 있었어."

그는 평상시처럼 담담하게 말했다. 평상시처럼. 그래, 평소 모습 그대로다. 어제는 사신 씨의 솔직한 모습을 볼 수 있었는데, 오늘은 마치 어제 일이 전부 꿈이나 환상이었던 것만 같은 태도로 내 침대 옆에 서 있다.

설마 정말로 꿈이었던 건가? 아니야, 그럴 리 없어. 왜냐면……. 침대 옆 작은 테이블 위에 놓인 봉제 인형과 종잇조각으로 시선을 돌렸다. 그것은 사신 씨가 뽑아준 거북이 인형과 둘이 함께 탔던 관람차 티켓이었다.

"사신 씨."

"왜?"

"어제 재밌었지?"

"그랬지."

거봐, 역시. 하지만 어딘가 불편해 하는 듯한 그의 말투에 나는 왠지 불안해졌다. 대체 어찌 된 일이지?

"저기, 사신 씨."

"왜 자꾸 불러?"

"왜 그래?"

"뭐가?"

"아니, 어제는……."

내 말에 그는 고개를 젓고 작게 한숨을 쉬었다. 그러고는 내가 하려는 말을 가로막기라도 하듯 말했다.

"몸은 어때?"

"어? 아, 응. 괜찮아, 근데……."

"그래, 그렇다면 다행이다. 그럼 난 오늘은 이만 실례할게."

그렇게 말하더니 사신 씨는 순식간에 창문 너머로 모습을 감췄다. 나는 그런 그의 태도에 슬프다기보다는 어쩐지 화가 났다. 어제는 그렇게 즐겁게 보냈으면서, 오늘은 왜 저런 태도를 보이는 걸까. 아무래도 내가 좀 멋대로 굴었다는 느낌은 부정할 수가 없다. 부정할 수 없지만!

……딱히 사신 씨를 좋아한다든가 그런 말을 할 생각은 없다. 그래도 사신 씨와 함께라서 즐거웠는데…….

"머리가 아프네."

왜 그런 건지, 아무리 생각해봐도 이유를 모르겠다.

왠지 몸이 무겁고 졸음이 오기 시작했다. 어제의 피로가 이제 나타나는 건가.

"잠깐 쉴까."

나는 침대에 누워 눈을 감았다.

"마히로."

이름을 부르는 소리에 눈을 떴더니 어느새 날이 저물고 저녁 식사 시간이 되어 있었다.

"밥 먹을 수 있겠어?"

마키타 씨의 물음에 나는 몸을 일으키고 고개를 끄덕였다. 하지만 결국 반 정도밖에 먹지 못했고 참을 수 없이 잠이 쏟아져 마키타 씨가 쟁반을 회수하러 오기도 전에 다시 누웠다.

이상하다고 느낀 것은 그날 밤이었다.

"읍……. 하아……. 하아……."

숨쉬기가 힘들어 눈을 떴더니 방 안은 캄캄했다. 아무래도 아직 한밤중인 모양이다. 몇 시쯤 됐나 하고 스마트폰에 손을 뻗으려는데, 웬일인지 몸이 움직이지 않는다. 심장도 평소보다 더 시끄럽게 쿵쾅쿵쾅 울려대고 있다.

"뭐……지……."

점점 더 호흡이 가빠짐과 동시에 시야가 흐릿해지기 시작했다. 어렴풋이 보이는 앞쪽에 사신 씨가 서 있는 것을 알았다.

아, 그거구나. 마침내 이날이 왔구나. 삼십 일 안이라고는 했지만, 생각한 것보다 빠르네……. 혹시, 그래서 사신 씨가 그 타이밍에 "미련이 없는지"를 물었던 걸지도 모르겠다. 사신 씨는 알고 있으니까. 내가 언제 죽는지를.

"드디어 죽는구나."

태연하게 말했지만 어째선지 손이 떨린다. 나는 그 모습을 들키지 않으려고 손끝에 힘을 꽉 주고, 침대 옆에 서 있는 사신 씨를 올려다보았다. 그런데 그는 고개를 젓더니 간호사 호출 벨에 손을 댔다.

"데려……가는 거 아냐……?"

그렇게 말하고 싶은데, 숨이 가빠서 목에서는 쌕쌕거리는 소리밖에 들리지 않는다. 그래도 그에게는 전해졌는지 간호사 호출 벨을 잡고 있지 않은 손으로 힘주고 있는 내 손을 가만히 감싸듯 잡아주었다. 그 손은 서늘하고 차갑다. 그런데 어째서 이토록 따스하게 느껴지는 거지?

하지만 죽는다는 건 이렇게 사신 씨와 함께 이야기하지도 못하게 되는 거구나. 그건 좀 쓸쓸할 것 같다. 멍하니 그런 생각을 하고 있자니 내 손 위로 포개진 손에 힘이 들어가는 것이 느껴졌다.

"너는 아직……."

희미해져 가는 의식 저편에서 그런 목소리를 들은 것 같았다.

정신을 차려보니 나는 병원 밖에 있었다. 벚꽃이 만발하고 햇살은 눈부시다.

"꺄하하하."

어린아이들이 깔깔대는 웃음소리가 들린 것 같아 그쪽으로 시선을 돌렸다.

"저 아이는, 나?"

벚나무 아래에, 지금보다 훨씬 어린 시절의 내가 즐거운 듯 웃고 있었다. 아, 이건 꿈이구나. 분명 과거에 대한 꿈을 꾸고 있는 거야.

"마히로."

"렌!"

그 이름에 심장이 쿵, 하고 울리는 것을 느꼈다. 렌이라고 불린 소년은 벚나무 가지 위에서 어린 나에게 손을 흔들고 있었다.

그리운…… 렌. 시이나 렌은 나보다 두 살 많은, 같은 병원에 입원한 남자애였다. 렌이 무슨 병을 앓았는지는 잘 모르지만, 가끔 방에서 안 나올 때가 있었다. 그래도 그때 말고는 씩씩하게 이렇게 둘이서 병실을 빠져나와 병원 안뜰이나 병원에 딸린 작은 공원에서 놀곤 했었다.

그러고 보니…… 입원 중에도 렌이 벚나무에 올라갔다가 다리를 다쳐 마키타 씨와 렌의 담당 간호사에게 호되게 혼난 적도 있었다. 둘이서 나란히 간호사에게 사과하고는, 마주 보며 웃었던 일을 지금도 똑똑히 기억한다.

"마히로, 이제 열은 괜찮아?"
"응. 놀라게 해서 미안."
"나야말로 무리하게 해서 미안해."
벚나무 아래에서 렌이 풀죽은 얼굴로 어린 나에게 사과하는 모습이 보였다. 아, 그렇구나. 이건 그때…….
렌과 둘이서 한바탕 놀고 난 뒤, 나는 열이 나서 사경을 헤맨 적이 있었다. 그렇기는 하지만, 그건 렌 때문이 아니다. 내가 같이 있고 싶어서 무리한 탓에 건강을 해친 것이다. 그런데 렌은 자기 탓이라며, 그날 이후로 나를 밖에 데리고 나가지 않았다. 그러므로 이것은 렌과 마지막으로 밖에 나간 날에 있었던 일이었다.
같이 밖에서 놀 수 없는 것이 아쉽고 슬퍼서 우는 나를 렌은 언제나 속상한 듯 바라봤었다. 지금 생각해보면 그만큼 렌은 자기 탓이라고 괴로워했었던 건지도 모른다. 그런데 이것이 그 후에 있었던 일을 회상하고 있는 거라면…….
"마히로. 이쪽으로 와."
"어디 가는데?"
"아저씨, 안녕하세요."
"렌이구나. 안녕."
렌이 근처에서 벚나무 손질을 하고 있던 병원 조경사 아저씨에게 말을 걸고 손에 무언가를 받는 것이 보였다.
"그게 뭐야?"
"이건 벚꽃 묘목이야."

"묘목?"

"벚나무 아기 같은 거라고 할까."

"그렇구나!"

어린 내가 반짝이는 눈빛으로 묘목을 바라보자, 렌은 약간 쑥스러운 듯 뺨을 긁적이고 내게 말했다.

"이 벚나무 같이 심자."

"심자고?"

"응. 이만한 묘목이 꽃을 피울 때까지는 대개 오 년 정도 걸린대. 그러니까 꽃이 피면 함께 감상하자. 여기서."

"하지만……."

"하지만?"

그때, 렌의 다정함이 마음 아팠다. 왜냐면 이 무렵의 나는…….

"오 년 후에 내가 살아 있을지 알 수 없잖아."

"……."

생사의 고비를 헤매고 있을 때, 어렴풋한 의식 너머로 허둥지둥 달려온 다른 방 간호사들의 말소리가 들려왔다.

"조금 더 버틸 줄 알았는데" "예상보다 빠르네" "앞으로 일 년은 괜찮을 거라고 선생님도 그러셨는데".

그 말이 무엇을 의미하는지는 어린 나도 이해했다. 아, 나는 어른이 되기 전에 죽는구나. 그렇게 생각하니 렌과 미래에 대해 약속하는 것이 두려웠던 거다.

"……괜찮아."

"뭐가 괜찮은데?"

"분명히 괜찮을 거야!"

"그걸 어떻게 알아?"

"만약 마히로가 죽을 것 같은 순간이 오더라도 내가 널 살려 달라고 신께 부탁할 거야. 데려가지 말라고. 그러니까 틀림없이 괜찮을 거야!"

지금 생각하면 렌이 하는 말에는 아무 힘도 없고, 그런 부탁을 한다고 해서 죽음이 오지 않을 리도 없다. 그래도 그 시절 나에게는 렌의 말이 전부였다.

"진짜로?"

"진짜로!"

"……."

아직 불안한 듯한 표정이 가시지 않은 어린 내 손을 꼭 잡더니, 렌은 "괜찮아" 하고 말했다.

"건강해져서 우리 함께 벚꽃 보자."

"볼 수 있을까?"

"그럼, 볼 수 있지! 꼭 그럴 거야!"

"그럼, 약속해! 꼭 보기로!"

"응, 약속."

렌이 그렇게 말하면 정말로 그렇게 될 것 같은 기분이 들었다. 새끼손가락을 걸고 약속한 다음, 렌과 나는 아저씨에게 모종삽을 빌려 둘이서 벚나무 묘목을 심었다.

그 후, 렌의 말대로 나는 악화됐던 심장이 그럭저럭 안정되어 무사히 오 년 뒤의 봄을 맞이할 수 있었다. 그러나 그 벚나무는 꽃을 피우지 않았다. 주변 벚꽃들과 비교해도 한참이나 작은 나무. 꽃망울도 없이 잎만 무성할 뿐이다. 그리고 육 년째인 올해도 꽃은 피지 않았다.

다음 봄이 올 무렵에는 사신 씨의 말대로 나는 이 세상에 없을 것이다. 그러니 꽃이 피는 모습은 결국 볼 수 없겠지만, 이제는 상관없다. 함께 보자고 약속했던 렌은 오 년 뒤의 봄을 기다리지 않고 이 년 전에 퇴원했고, 그걸 끝으로 만나러 와주지 않았으니까.

퇴원하는 날에 렌은 "꼭 만나러 올게"라고 말했다. 하지만 한 번도 오지 않았다. 그래도 그 벚꽃이 피는 오 년째 봄에는 아마 만나러 와줄 것이라고 믿었다. 약속했으니까.

그러나 결국 렌은 오지 않았다. 어쩌면 렌이 햇수를 착각했을지도 모른다고 생각한 적도 있었다. 내년에는 꼭 올 거라고. 그러면서 "약속한 해가 올해 아니었어?"라고 머쓱하게 머리를 긁적이며 말할 거라고. 그렇게 믿었었다. 믿고 싶었다. 그런데 올해도 그는 오지 않았다.

렌은 약속을 잊은 것이 분명하다. 그 벚꽃이 피는 모습을 나 혼자 봐야 한다면……. 생각만으로도 가슴이 찌르르 아프다. 나는 몇 번이고 상처를 덮고 잊은 척했던 가슴 통증이 되살아나는 것을 느꼈다.

점차 렌의 목소리가 멀어져 간다. 아아, 이제 이 꿈에서 깨는 건가.

이대로 작별이라고 생각하니, 어렵게 만났는데 대화 한 마디 나누지 못한 것이 너무도 안타깝다. 그리고 깨달았다. 렌과 함께했던 날들은 내 안에서 과거가 되어 있었던 게 아니라, 생각하면 배신당하고 버려진 것 같은 기분이 드는 것이 슬프고 괴로워서 기억 속에 봉인해둔 것뿐이라는 사실을.

"으……."

갑자기 몸이 부쩍 무거워지더니 강렬한 빛에 안구를 강타당한 듯한 감각에 휩싸여 나는 눈을 떴다. 온몸에 수많은 줄이 연결되어 있는데 내 심장 소리가 유난히 시끄럽게 머릿속에 울리고 있었다.

나, 살아 있는 거야……?

시선을 움직이자 의사 선생님과 마키타 씨가 분주하게 움직이는 것이 보였다. 그리고 그 안쪽에 서성거리는 사람의 모습도 보였다. 저 사람은 혹시…….

"윽……!"

순간 그가, 렌이 서 있나 싶었다. 그럴 리가 없는데.

"사……신……."

그는 내 시선을 알아채고는 휙 고개를 돌렸다. 평소처럼 깊게 눌러쓴 후드를 한층 더 아래로 당기면서.

내가 어떻게 된 건가? 렌과 사신 씨를 착각하다니. 두 사람은 조금도 닮은 구석이 없다. 렌이 얼마나 다정하고 따뜻하고, 그리고…….

아, 하지만 사신 씨에게도 다정한 면이 있다는 걸 나는 안다. 알고 있다……. 그런 생각을 하면서도, 점점 더 눈꺼풀을 뜨고 있는 것도 힘들어 나는 다시 눈을 감았다.

"마히로? 듣고 있어?"

"아……."

시간이 얼마나 지났을까. 눈을 떠보니 어느새 처치가 끝났는지 병실을 나가는 의사 선생님의 모습이 보였다. 침대 위에 놓인 처치 도구를 정리하던 마키타 씨가 제대로 말이 안 나오는 나에게 말을 걸어주었다. 그래도 뭔가를 말하려고 내가 필사적으로 입을 움직이자 안심한 듯 미소를 지었다.

"이제 괜찮아. 마히로가 간호사 호출 벨을 눌러줘서 다행히 늦지 않았어. 그때 안 눌렀으면 위험했을 거야. 정말 다행이야……."

아무래도 나는 그 순간 사신 씨가 누른 간호사 호출 벨을 받고 달려온 의사 선생님과 마키타 씨 덕분에 살아난 듯했다.

"조금 이따 살펴보러 다시 올게."

마키타 씨는 흘러내린 이불을 제대로 덮어주면서 그렇게 말하고 병실을 나갔다. 병실에 남은 건 아직 만족스럽게 움직일 수 없는 나와 그런 나를 외면하고 있는 사신 씨, 둘이다.

잠시 후, 간신히 목소리가 나오고 나서야 나는 사신 씨에게 물었다.

"왜에?"

"응?"

"왜 그랬어?"

내 영혼을 가져가는 것이 사신 씨가 해야 할 일일 텐데 어째서 오히려 날 도와주는 것 같지? 그런 내 의문에 그는 이쪽을 돌아보지 않고 대답했다.

"네가 죽는 날은 아직 멀었으니까."

"그래서 살린 거야?"

"그래. 딱 정해진 날에 죽지 않으면 곤란하다고. 힘들게 하지 말아줘."

사신 씨는 담담하게 말한다. 하지만 그 말투가 조금도 성가셔하는 것 같지 않아서, 나는 죽을 뻔했으면서도 왠지 웃음이 새어나왔다.

"하는 수 없네. 그럼 조금 더 내 이야기 친구를 해줘야겠어."

"일이니까 뭐, 하는 수 없지."

사신 씨는 그렇게 말했고, 그때 살짝 내려간 후드 너머로 입꼬리가 살짝 올라가 웃는 모습이 보였다.

"……."

지금까지 후드에 가려져 볼 수 없었던 사신 씨의 미소. 입가가 아주 살짝 보였다. 단지 그뿐인데도 왠지 심장이 쿵, 하는 소리를 내는 것을 느꼈다.

다음 날, 며칠간 절대안정이 필요해 나는 병실에서 나가는 것이 금지되었다. 사신 씨는 그런 내 침대 옆 의자에 앉아 물었다.

"그러고 보니 그렇게 위중한 상태가 되었는데도 너희 부모님은 병원에 안 달려오시는 거야?"

"아, 그게 말이야."
사신 씨가 묻지 않기에 이미 알고 있다고 생각했다.
나는 벌써 몇 달이나 만나지 못한 부모님을 생각한다. 그런 나에게 그는 이상하다는 듯 고개를 갸웃거렸다.
"내가 괜한 말을 했나?"
"아니야, 보통 다들 그렇게 생각하니까. 그게 있지, 우리 부모님은 지금 해외에 계셔."
"해외……?"
이미 오랫동안 부모님은 해외를 왔다 갔다 하며 생활하고 있었다. 입퇴원을 여러 번 반복하고, 집에 있는 것보다 병원에 있는 기간이 긴 자식이 있다는 건 부모님 입장에서도 걸림돌밖에 안 되었을 것이다. 그래도 힘든 내색 한 번 하지 않고 몇 번이고 병원에 와준 부모님에게는 감사한 마음뿐이다.
재작년 봄에 내가 "이제 병원에 안 오셔도 괜찮아요" 하고 말했을 때, 부모님은 너무나 미안한 얼굴을 했지만 내심 안도하는 마음도 들었을 것이다. 그만큼 해외를 오가는 일은 부담이었을 테니까. 나 역시 적어도 이걸로 죄책감을 느끼지 않아도 되니 아주 조금 마음이 편해졌다.
그 후 엄마는 아빠를 따라 해외로 건너갔다. 장기 출장이 전근으로 바뀌고 그쪽에서의 생활이 주가 된 것이다. 그러니…….
"다음에 돌아오는 건 아마 다다음 달이려나?"
"그렇구나……."
그래서 삼십 일 안에 죽는다는 말을 사신 씨에게 들었을 때, 귀국 예정이 없는 시기에 부모님을 들어오게 해야 하는 것이 미안하기도 하면서도, 한편으론 그 마지막 순간에는 절대 맞출 수 없을 테니까 어느 정도 일을 정리하고 올 수 있지 않을까 싶어 조금 안심하기도 했다.

"그 전에는 안 오시는 거야?"

사신 씨의 질문에 작게 고개를 저었다.

더 이상 방해가 되고 싶지 않다. 그런 건 바라지 않는다.

"그럼, 넌……."

"……."

"혼자 죽게 되는 거야?"

하지만, 그게 뭐 어때서.

지금까지 부모님을 고생시켰다. 마지막 순간 정도는 그 누구도 힘들게 하지 않고 조용히 떠나고 싶다. 그것이 내가 할 수 있는 마지막 효도가 아닐까.

"내가 너희 부모님을 불러올 수도 있어."

"고마워."

"그럼……."

두 번째 소원을 그렇게 말하려 한 사신 씨에게 나는 고개를 저었다.

"하지만 그건 규칙 위반이잖아?"

"흠……."

그런 소원은 사소한 것도 아니고, 아직 돌아올 생각을 하지 않고 있을 부모님의 마음을 왜곡하는 게 될 수도 있다.

"괜찮아, 혼자 있는 건 익숙하니까."

언제나 혼자였다. 그러니 괜찮다. 내게 외로움 같은 건 없다. 스스로를 타이르듯 나는 미소 지었다. 그런 나를 물끄러미 바라보더니 사신 씨는 나지막이 말했다.

"……아냐."

"어?"

"혼자가 아니라고."

그는 그렇게 말하고는 내 손을 꼭 잡았다.

"네가 죽는 순간, 무슨 일이 있어도 내가 곁에 있을 거야."

"……."

"그러니까, 넌 혼자가 아니야."

"그래. 고마워."

사신 씨의 다정함이 차가운 손바닥을 통해 전해져 오는 듯, 나는 그 손을 다시 살며시 잡았다.

며칠이 지나고 드디어 절대안정 조치가 해제되었다. 침대에서 내려와 기지개를 켜자 몸 여기저기에서 으드득 하는 소리가 들려 살짝 웃었다. 딱히 볼일은 없지만, 병실 밖에 나갈 수도 있게 된 것이다. 음료수라도 사러 갈까? 나는 동전 지갑을 챙겨 병실을 나섰다.

"아, 언니!"

"노조미!"

파닥파닥 복도를 달리는 소리가 들리는가 싶더니 귀여운 체크무늬 환자복을 입은 노조미가 내 다리에 찰싹 달라붙었다.

"언니, 이제 괜찮은 거야?"

"응, 이제 괜찮아! 봐, 건강해졌지!"

"다행이다!"

노조미는 여느 때처럼 해맑은 미소를 보내준다. 그 미소는 외로움에 잠식될 것 같은 병동에서 느끼는 유일한 안식이라고 말할 수 있을 것 같다.

"어? 근데……."

며칠 전부터 미열이 계속돼 노조미도 나랑 마찬가지로 병실에서 절대안정을 취하게 되었다고 마키타 씨한테 들었는데, 복도를 걸어 다니고 있다는 건 열이 내렸다는 건가?

"노조미도 이제 괜찮아? 열은 내렸어?"

"응! 나도 오늘부터 밖에 나와도 된다고 했어."

"그렇구나, 다행이다."

"헤헤. 오빠한테 부탁했더니 완전히 튼튼해졌어!"

"오빠?"

노조미에게 오빠가 있었던가? 노조미가 여기 온 지 몇 달이 지났어도 엄마밖에 본 적이 없는데. 하긴, 중학생 이하 어린이는 출입금지라서 그런 걸지도 모르지만. 그런데 자기 오빠에 대해서 말하는 것치고는 되게 남 얘기 하듯이…….

"앗, 이런. 이거 비밀인데!"

의아해 하는 나는 아랑곳하지 않고, 노조미는 자신이 뭔가 실수라도 했다는 듯 조그만 두 손으로 입을 막았다 .

“왜 그래?”

“에헤헤, 아무것도 아냐.”

그렇게 말하고 웃더니 손을 흔들면서 노조미는 자신의 병실로 돌아간다.

“또 만나! 언니!”

“응, 또 만나.”

그런 노조미의 웃는 얼굴에, 왜 그런지 마음이 몹시 술렁거렸다.

4.
꽃이 피지 않는 벚나무 아래에서

그날 이후로 특별히 컨디션이 나빠지는 일도 없고, 그렇다고 전보다 나아진 것도 없는 평범한 나날을 보내고 있었다. 사신 씨가 찾아와 이야기를 나누고 다시 돌아간다. 평화롭다면 평화로운 날들이다. 그런데 딱 한 가지, 확실한 변화가 내 안에 있었다.

"그래서……."

사신 씨가 오늘 있었던 일을 이야기하고 있다. 그런데 내 의식은 그가 아니라 밖을 향해 있었다. 분홍색 카펫처럼 온통 색을 입은 나무들 사이에 있는, 아직 꽃봉오리조차 맺지 않은 나무 한 그루를 바라본다. 다른 나무들보다 확연히 작은 그 벚나무를.

'벚꽃이 피면 같이 보자. 여기서.'

생사의 고비를 헤맸던 그날부터, 유난히 그 약속이 머릿속을 떠나지 않는다. 그런 약속을 기억하고 있어봤자 아무 소용 없는데도…….

"바보 같아."

그래도 렌과 한 약속이 어린 나를 지탱해주었다. 벚꽃이 피면 다시 렌과 만나기를 고대하며 쓰디쓴 약도 먹고 아프고 거추장스러운 수액도 견뎠다. 반드시 건강해져서 렌과 벚꽃을 보겠다는 마음 하나로. ……지금 와서 보면 그런 건 다 헛수고였지만.

올해도 벚꽃은 피지 않을 것이다. 그리고 나는 언제 필지 알 수 없는 벚꽃을 기다리지 못하고 죽을 것이다.

"나 말이야?"

"어? 뭐가?"

"방금, 바보 같다고 했잖아."

"아, 아니. 그런 거 아냐. 그게 아니라……."

하려던 말을 멈추고, 나를 빤히 쳐다보는 사신을 향해 황급히 부정했다. 그런데 사신 뒤에 보였다 안 보였다 하는 벚나무가 신경 쓰인다. 그런 꿈을 꾼 탓인지 벚나무를 보자 마음이 술렁거린다.

"……."

"왜 그래?"

"응?"

"밖에 뭐 있어?"

내 시선을 좇듯이 그는 창밖을 보며 물었다.

"벚꽃? 아아, 저거."

내 시선이 어떤 벚나무를 가리키고 있는지 바로 알았다는 듯, 시선이 그 나무로 향했다.

"아, 저 작은 나무구나."

"맞아. 저 나무, 내가 심은 거야."

"……와."

"……."

너무도 관심 없는 듯한 반응에 나도 모르게 입을 다물었다. 하지만 사신은 이야기를 계속하도록 나를 재촉했다.

"그래서? 저 나무가 어쨌다는 거야?"

"아, 그러니까 예전에, 육 년 전쯤인데, 나처럼 여기에 오랫동안 입원했던 남자애랑 둘이서 벚나무 묘목을 심었어. 우리가 심은 벚나무에 꽃이 피면 둘 다 건강해진 모습으로 다시 여기에서 만나자는 약속과 함께."

"그렇구나. 하지만 저 벚꽃은 아직 피지 않은 것 같은데."

사신 씨가 벚꽃을 가리키며 말했다. 굳이 그렇게 말하지 않아도 안다. 오 년이나 지났는데 당연히 피어야 할 벚꽃이 피지 않았다. 그리고 렌도 오지 않았다.

"맞아. 안 피었어. 나무가 죽어버린 건가?"

"그렇구나. 참 유감이네."

"아아. 벚꽃이 피는 모습을 보고 싶었는데."

무심코 나와버린 말. 그 말을 수습하려고 나는 황급히 입을 막으려다 관뒀다.

지금까지 많은 것을 포기해왔다. 학교에 가는 일상도 가족과 함께 사는 삶도 평범한 생활을 보내는 것도. 그러니 최소한 그것만이라도 이루어지길 바랐다. 하지만 그 소원마저 이루어지지 않았으니 불평 정도는 해도 되지 않나? 이제는 이룰 수 없는 소원이기도 하니까.

사신 씨는 그 벚나무와 나를 번갈아 쳐다보더니 뜬금없이 이렇게 말했다.

"피게 해줄까?"

"어?"

"벚꽃 말이야, 내가 피울 수 있게 해줄까?"

사신 씨는 마치 "나가서 주스라도 좀 사 올까?" 하는 정도로 가볍고 태연하게 말했다. 그래서 나는 엉겁결에 묻고 말았다.

"그런 게 가능해?"

"뭐, 해서 못 할 일은 없으니까."

"그렇구나. 사신 씨, 대단하네."

소소한 소원밖에 못 들어준다고 했는데, 그럼 벚꽃을 피우는 일이 소소한 일이라는 건가. 아, 하긴 꽃을 피우지 않는 벚나무 같은 건 주변 사람들이 보기에는 분명 하찮은 존재겠지. ……내가 아닌 다른 사람들에게는.

"그런 건 아니지만. 그럼 두 번째 소원은 그걸로 하면 될까? 저 벚나무를 꽃피우는 것으로."

"고마워. 하지만 그건 안 해도 돼."

"왜? 꽃을 보고 싶잖아?"

내가 거절하자 사신 씨는 물고 늘어진다. 그런 그의 태도가 어쩐지 낯설게 느껴지지만, 그래도 그 제안을 받아들일 수는 없었다.

"그런 거 아니야."

"무슨 뜻이야?"

"저 나무에 피는 벚꽃은 그 애랑 함께 보고 싶었거든. 사신 씨랑 같이 보는 게 무슨 소용이 있겠어."

"……그래도!"

사신 씨는 순간 말문이 막혔다가 더 끈질기게 물고 늘어졌다.

"그래도 꽃이 피는 모습을 보고 싶잖아?"

대체 왜 이러는 거지? 지금까지 사신 씨가 이런 식으로 고집을 피우는 일은 없었는데.

"무슨 일 있어? 오늘 사신 씨, 뭔가 이상해."

"그게 아니라. 난 그저 네가 벚꽃이 피는 모습을 보고 싶어 하는 것 같아서. 나한테는 그걸 이뤄줄 수 있는 능력이 있으니까, 그 소원을 들어주고 싶었을 뿐이야."

"고마워."

사신 씨의 다정함은 기뻤다. 하지만…….

"하지만, 괜찮아. 게다가 어쩌면 평생 피지 않는 벚꽃이었을지도 모르고."

"평생?"

"그래, 평생."

그 시절, 둘이서 묘목을 받았을 때 아저씨는 이렇게 말했다. "순조롭게 꽃이 피면 좋겠는데"라고. 그러니까 그 말은, 순조롭게 피지 않는 꽃도 있다는 뜻이다. 분명 우리가 심은 저 나무는 죽은 상태라 앞으로도 꽃이 피는 일은 없을 것이다. 마치 어른이 되지 못하고 죽는 나처럼. 그러니까…….

"그러니까 이제 됐어."

이걸로 그 얘기는 끝이라고 말하듯, 나는 침대에서 내려와 커튼을 치고 다시 침대로 돌아갔다. 사신 씨에게 등을 돌리고 머리 끝까지 이불을 뒤집어썼다.

"알았어."

잠시 후 한숨 쉬는 소리가 들렸다. 이어서 내가 뒤를 돌아봤을 때는 이미 사신 씨는 그 자리에 없었다. 남겨진 나는 렌과 사신 씨의 모습을 번갈아 떠올리면서 잠이 들었다.

정신 차리고 보니, 나는 또 꿈을 꾸고 있었다. 렌과 보낸 날들의 꿈을. 꿈속에서 만난 렌은 이전 꿈보다 조금 더 자라 있었다.

"이제 못 만나게 돼서 슬퍼."

"나도 슬퍼."

아무래도 렌이 퇴원하기로 결정된 날인 듯하다. 그렇다, 그날 나는 렌을 축하해줘야 하는데도 날 두고 간다는 생각에 슬퍼서 울었다. 그런 내게 렌은 왼손으로 목을 만지며 "또 만나러 올게" 하고 미소 지었다.

……아, 뭐야. 그렇구나, 그런 거였구나. 왜 눈치채지 못했지? 렌은 이제 나를 만나러 올 마음 따위 없었던 거다. 왜냐면 목을 만지는 행동은 렌이 거짓말을 할 때 나오는 버릇이니까. 다정하게 미소를 짓고, 울

고 있는 나를 위로하면서 렌은 더 이상 여기 오는 일은 없을 거라고 생각했다. 그런 줄도 모르고 나는 지금까지 그 약속을 믿고 있었다니, 이 얼마나 바보 같은 일인지. "약속이야"라고 말하는 어린 나를 차가운 눈으로 응시하면서도, 렌이 나를 바라보는 눈빛이 어쩐지 슬퍼 보여서 나는 그런 렌에게서 눈을 뗄 수 없었다.

똑똑, 문을 두드리는 소리에 잠에서 깼다. "네" 하고 짧게 대답하고는 눈가에 고인 눈물을 닦고 있는데 병실 문이 열렸다.

"마히로!"

"아, 아빠……?"

국내에 있을 리 없는 아빠가 병실 문 앞에 서 있었다.

"어, 어쩐 일이에요?!"

"어쩐 일이냐니. 네 상태가 갑자기 안 좋아졌다고 간호사가 연락을 해줘서 일정을 조정해서 급히 날아왔지. 늦어서 미안해. 괜찮은 거야?"

"그랬구나……. 응, 이제 괜찮아요. 고마워요, 아빠."

"그래. 그렇다면 다행이다."

아빠는 침대 옆에 있는 의자에 앉아 또 한 번 사과했다.

"정신없이 서둘러 오느라 선물도 못 사 왔어, 미안해."

하지만 사과해야 하는 사람은 나다. 걱정을 끼치는 것도 모자라 이렇게 폐를 끼쳤으니. 그러면서도 내심 기쁜 마음이 들었다는 것이 죄책감

덩어리가 되어 마음을 짓누른다.

“선물이라니……. 와준 것만으로도 기뻐요. 미안하고 고마워요.”

“딸이 기쁘다니까 아빠도 기쁘네. 그런데 미안. 급하게 오느라 휴가를 많이 낼 수가 없어서 오늘 밤 비행기로 다시 돌아가 봐야 해.”

“오늘 밤이라니……. 저 때문에 무리하신 거네요.”

아빠가 힘들게 왔다는 사실에 미안해하고 있는데 아빠의 투박한 손이 내 머리에 닿았다. 그 손은 그대로 머리를 격하게 쓰다듬었고, 내가 헝클어진 머리카락을 재빨리 매만지면서 “아, 진짜!” 하고 말하자 아빠는 슬퍼 보이는 얼굴로 웃었다.

“그런 말이 어딨어. 아빠가 마히로를 보고 싶어서 온 거야. 그런데 왜 네가 사과를 해.”

“아빠…….”

“아빠가 딸을 걱정하는 건 당연하잖아.”

아빠에게 그런 슬픈 표정을 짓게 했다는 것이 마음 아프다. 미안해요, 아빠. 그런데 살아 있는 동안에는 이제 못 만날 거라고 생각했거든요. 그래서 마음 한구석에서는 정말 기뻤어요. 정말 미안해요.

“……엄마도.”

“어?”

“엄마도 오고 싶어 했는데, 못 왔어.”

“그러고 보니 아빠 혼자네요.”

그렇다, 이런 일은 좀처럼 없다. 부모님이 귀국할 때는 언제나 두 분이 함께였고, 아빠가 혼자서 병원에 오는 일은 지금까지 거의 없었다.

아빠 혼자 왔다니 혹시 엄마한테 무슨 일이 생긴 걸까? 돌아올 수 없을 만한 무슨 일이…….

"맞아, 엄마가 지금은 비행기를 탈 수가 없어서."

"무슨 일 있어요? 엄마 아파요? 아니면 어디 다쳤어요? 그럼 나 말고 엄마 옆에 있어 줘야죠……!"

"괜찮아, 그런 거 아니야. 단지 좀 조심하려고."

"그러니까, 무슨 일이 있는 거예요?"

나도 모르게 언성이 높아지자, 아빠가 부드럽게 웃었다.

"마히로는 이제 언니나 누나가 될 거야."

"언, 니……? 그 말은……."

"응, 가을이 끝나갈 때쯤 네 동생이 태어날 거다."

"아……."

나한테 동생이……. 울컥, 가슴이 뜨거워진다. 사실 나는 오래전부터 형제가 있었으면 했다. 병원에서 나보다 어린 동생들을 대할 때마다 내게도 여동생이나 남동생이 있다면, 하는 생각을 줄곧 했었다. 하지만 내 병만으로도 충분히 힘든 부모님에게 그런 철없는 소리는 할 수 없었다. 형제가 있으면 부모의 부담이 훨씬 커진다는 것은 입원한 다른 아이들의 부모님을 보며 충분히 알고 있었으니까. 그래도…….

"좋은가 보네, 우리 딸."

"응……?"

"줄곧 동생을 원했잖아."

아빠의 말에 깜짝 놀랐다. 왜냐면 나는 지금까지 그런 말을 한 번도 해본 적이 없는데…….

"사실은 마히로가 동생을 원한다는 걸 아빠 엄마도 한참 전부터 눈치채고 있었어."

"그걸 어떻게……."

"어떻게 알긴, 그야 부모니까 다 알지."

다시 한 번 아빠는 내 머리를 쓰다듬고는 미안한 듯한 표정으로 말을 이었다.

"그런데 말이야. 알고는 있었지만, 회사 일로 해외를 오가느라 정신이 없었고. 게다가 네가 입원해야 하는 때에 동생이 있으면 신속하게 움직일 수가 없잖아. 그래서 쉽게 결정할 수가 없었단다. 그런데 다행히도 내년부터는 국내 지점으로 다시 돌아올 수 있게 됐어."

"그 말은……."

내 말에 아빠가 싱긋 웃더니 내 머리를 쓰다듬었다.

"마히로가 퇴원하면 우리 셋만이 아니라 새로 태어난 아기도 함께 살 수 있다는 거지."

"정말요?!"

"그럼, 정말이지. 지금까지 마히로 혼자 외롭게 해서 정말 미안해."

가족이 다 함께 살 수 있다고? 게다가 동생까지?

기쁘다. 정말 정말 기쁘다. 아기가 태어나면 많이 돌봐줘야지. 만약 여자아이라면 예쁜 옷을 골라줄 거야. 남자아이라면 같이 히어로 놀이를 하고…….

거기까지 생각하다가, 문득 나에게는 그런 미래가 없다는 사실이 생각났다. 그 아이가 태어날 무렵이면 난 이 세상에 없을 테니까…….

"마히로?"

"응?"

"왜 그래? 혹시 힘들어서 그래?"

"아, 아니요. 그게 아니라……."

웃어야 해. 최대한 밝게 웃는 거야. 그렇지 않으면 아빠가 걱정하실 거야.

"너무 기대돼서, 갑자기 가슴이 막 두근거려서 잠깐 힘들었어요."

"엉뚱하긴."

아빠는 얼굴에 한껏 주름을 지으며 웃는다.

"좀 쉬렴."

그리고는 나를 침대에 눕게 하고는 어깨까지 이불을 덮어주었다.

"아빠는 마키타 씨한테 인사하고 올 테니까 좀 자고 있어."

"응, 알았어요."

내가 순순히 대답하자 아빠는 안심한 듯한 모습으로 병실을 나갔다.

"내가 언니나 누나가 된다니……."

이런 생각을 해봤자 아무 소용 없는데. 원해봤자 아무 소용 없는 건데. 그래도…….

"보고 싶다. 내 동생……."

이룰 수 없는 소망을 나지막이 내뱉자, 이불이 빨아들이기라도 하는 양 눈가에서 눈물이 흘러넘쳤다.

"그럼, 아빠 가볼게."

해가 저물기 시작한 무렵이었다. 함께 있을 수 있는 시간은 단 몇 시간뿐이었지만 아빠를 오랜만에 만나서 정말 기뻤다.

"와줘서 고마워요."

"다음에 올 때는 선물 많이 가져올게."

"……응."

"그럼, 또 올게."

자연스럽게 웃었나? 아빠가 걱정하지 않도록 평소처럼. 하지만 그런 내 걱정은 아랑곳하지 않고, 아빠는 내 머리를 부드럽게 어루만지고는 병실을 나갔다. 홀로 남겨진 나는 눈물이 흐르려는 걸 애써 참으며 다시 침대 속으로 파고들었다.

"……저기."

그런 나를 누군가가 부른다. 아니, 그게 누군지는 알고 있다. 노크도 하지 않고 이 방에 들어오는 사람이라면 한 사람밖에 없으니.

"왜?"

"지금 잠깐 괜찮아?"

"내일은 안 돼?"

"잠깐이면 돼."

그 목소리에 이불 밖으로 얼굴을 내밀자, 저녁노을에 비친 사신 씨의 모습이 보였다.

"왜 그러는데?"

"잠깐 같이 가줬으면 좋겠어."

"이제 곧 저녁 식사 시간인데……."

게다가 지금은 누구와도 함께 있고 싶지 않다. 이런 마음으로 있으면 하지 말아야 할 말을 해서 상대를 곤란하게 하고 말 것이다.

"금방 끝나."

하지만 사신 씨는 그렇게 말하며 내 손을 잡았다.

"이쪽이야."

그의 손에 이끌려 병원 밖으로 나갔다.

요즘 사신 씨는 좀 이상하다. 이전보다 고집이 세졌고 자신의 의견을 분명히 말하게 된 것 같다. 심경에 어떤 변화가 생긴 걸까? 아니면, 혹시 이제 내게 조금씩 솔직한 모습을 보여주기로 한 것일까? 그런 거라면 억지로 손을 잡아당긴 것도 용서할 수 있을 것 같다.

"여긴……."

하지만 그의 손에 이끌려 오게 된 곳에 있는 나무 한 그루를 본 순간, 그런 내 생각은 싹 사라졌다. 주변 벚꽃과 달리, 꽃도 없이 이파리만 무성한 자그마한 나무. 이것은, 이 나무는…….

"이거지? 네가 말했던 벚나무가."

알고 있는 답을 굳이 확인하듯 그가 말했다. 그 나무는 육 년 전, 나와 렌이 함께 심은 벚나무였다.

"아……. 그 얘기는 거절했을 텐데."

"응."

"그런데 왜?"

여전히 사신에게 잡혀 있던 손을 뿌리치려고 했다. 하지만 그는 내 손을 꼭 잡고 자기 손에 포개듯 하여 벚나무 줄기에 얹었다.

"지금 뭐 하……."

"쉿!"

그가 말한 대로 입을 다문다. 그러자 손에서 이상한 소리가 느껴졌다. 콩닥콩닥, 하는 그 소리는 마치 심장 고동처럼 연약해서 당장이라도 멈출 것 같지만 분명히 맥이 뛰고 있음을 알 수 있었다.

"이건……."

"이 나무에는 이제 생명력이 거의 안 남았어. 쉽게 말해서, 죽어가고 있다는 거지."

"그렇구나."

손을 떼고 사신 씨를 올려다봤지만, 후드 속 표정은 알 수가 없었다. 나는 다시 한 번 벚나무 나뭇가지에 손을 댔다. 하지만 나 혼자서는 나무의 고동을 느낄 수가 없었다. 그게 아니면…… 죽어가고 있다던 사신 씨의 말대로 그 고동이 벌써 멈춰버린 걸까. 다 시들어버린 나무가 꽃을 피우는 일은 없을 것이다. 그 말인즉…….

"……."

약속한 그 벚꽃은 피지 않을 것이다. 그 사실에 할 말을 잃고 있는데, 뒤에서 그런 나를 감싸 안듯이 사신 씨가 내 손에 자신의 손바닥을 포갰다. 깜짝 놀라서 손을 떼려고 했지만, 그는 더 꽉 힘을 주듯 벚나무 줄기에 손을 댔다.

"아……."

그러자 다시 한 번, 이번에는 쿵쿵 맥박이 힘차게 뛰는 듯한 고동을 느꼈다. 조금 전보다도 훨씬 더 우렁차게.

"이 정도로만 씩씩하게 맥이 뛴다면 내년 봄에는 분명 꽃이 필 거야."

귓가에서 사신 씨가 부드러운 목소리로 그렇게 말했다.

"병실까지 데려다줄게."

"왜?"

앞서 걷는 사신 씨를 뒤따르던 나는 무심코 물었다. 사신 씨는 왜 그런 행동을 한 거지? 처음 느꼈던 그 연약한, 당장이라도 멈출 듯한 고동이 벚나무의 진짜 맥이라면 그다음에 느낀 강렬하고 생명력 넘치는 듯한 그 고동은? 그건 대체 무엇이었을까. 이러면 꼭 사신 씨가 벚나무를 되살려준 것 같잖아.

"미련은 되도록 적은 게 좋겠지?"

그런 내 의문에 그는 무뚝뚝하게 답하고 고개를 돌렸다.

"꽃을 피운 건 아니니까."

사신 씨의 배려에 가슴속이 따스해짐을 느낀다. 그런 식으로 대화를 끝내버린 건 나인데, 벚나무에 미련을 못 버린 나를 위해 사신 씨는…….

"고마워."

"뭘. 이것도 일이니까."

어색한 티가 역력한 차가운 어조로 말하지만, 그의 투박한 다정함이 느껴져 입가에 미소가 지어졌다.

"왜 웃어?"

그런 나를 보며 사신 씨는 어깨를 으쓱거리며 말했다. 그런데 그 말투가 너무도 부드러워서 나는 또 한 번 웃고 말았다.

"……내 얘기, 들어줄래?"

병실에 도착해 해가 저문 창밖을 바라보는 사신 씨에게 나는 말을 걸었다. 꼭 들어주길 바랐다. 렌의 이야기를…….

"같이 벚꽃 심었던 아이 말이야."

"응?"

"내 첫사랑이었어."

"흐음."

사신 씨 옆에 나란히 서서, 어둠에 가려 거의 형태를 알 수 없는 벚나무를 바라본다. 하지만 그는 내 이야기에는 관심이 없는지 김빠진 맞장구만 칠 뿐이었다. 그런데 그래서 좋았다.

"있잖아, 사신 씨."

사신 씨 덕분에, 내가 죽은 뒤에라도 저 벚나무는 꽃을 피울 것이다.

"나는 볼 수 없겠지만, 언젠가 그 아이가 저 벚꽃이 핀 모습을 내 몫까지 봐주겠지?"

사실은 그때까지 살고 싶다. 그리고 렌과 함께 나란히 벚꽃을 보고 싶다. 하지만…….

"그러게."

사신 씨는 목을 만지더니 그렇게 말했다.

"앗……."

순간 그 모습이 렌과 겹쳐 보여 나도 모르게 숨이 멎었다.

"뭐, 뭐야?"

"응……?"

"손."

"아……."

정신 차려보니, 내가 그의 팔을 잡고 있었다.

"저, 저기……."

얼버무리듯 웃어넘기고는 조심스레 사신 씨에게 물었다.

"그거, 버릇이야?"

"뭐?"

"목 만지는 거."

"아……. 그런가? 버릇인 것 같아."

사신 씨는 자기가 그렇게 하고 있다는 걸 미처 몰랐는지, 목에서 손을 떼고는 오므렸다 폈다 하면서 무언가가 생각났다는 듯 중얼거렸다.

"선배가……."

"어?"

"선배가 툭하면 등 뒤에서 목을 공격해서."

"뭐어어?!"

너무도 충격적인 발언이라, 나는 얼빠진 소리를 내고는 황급히 입을 막았다. 사신 씨는 담담하게 이야기를 계속했다.

"죽지 않는다는 걸 핑계로 만날 때마다……. 그렇다고 특별히 아픈 건 아니지만 얻어맞을 때마다 문질렀더니 어느새 버릇이 됐나 봐."

"뭐야, 그게."

웃어야 할지, 선배의 횡포에 화를 내야 할지 모르겠지만 사신 씨가 담담하게 이야기하니까 말도 안 되는 이야기도 왠지 웃긴 이야기처럼 들린다.

아무튼, 그렇구나. 버릇인 거구나. 그런 꿈을 꾸었기 때문일까. 아니면 벚나무를 만졌기 때문일까. 그런 몸짓조차 렌을 떠올리게 했다.

뭐가 어떻게 된 건지. 옆에 있는 건 사신 씨가 분명한데, 모습도 완전히 다른데. 왜 이렇게 가슴이 아플까.

"괜찮아?"

"응."

"나 때문에 무리했지? 난 이제 갈 테니까 푹 쉬어."

"앗……."

그렇게 말하더니 사신 씨는 창문 너머로 모습을 감췄다. 나는 하늘로 녹아들 듯 모습을 감춘 사신 씨를 찾아 줄곧 창밖을 바라보고 있었다. 그리고 그런 그와 교대하듯 마키타 씨가 병실로 찾아왔다.

"저녁 먹을 시간이야."

"아, 네."

"아빠 오셔서 좋았지?"

마키타 씨는 침대 위에 꺼낸 테이블 위에 저녁 식사를 내려놓으며 기쁜 듯 말했다. 아, 맞다. 그 일에 대해 감사 인사를 해야지.

"마키타 씨, 감사해요."

"어? 무슨 일로?"

"아빠한테 연락해주셨잖아요. 덕분에 오랜만에 아빠를 만났어요."

"응? 잠깐만, 그게 무슨 얘기야?"

"네……?"

내 말에 마키타 씨는 의아하다는 듯 고개를 갸웃거렸다. 대체 어떻게 된 거지? 반응으로 보아, 정말로 무슨 얘긴지 모르고 있다는 눈치다. 하지만 아빠는 간호사한테 연락을 받았다고 했는데. 다른 간호사가 연락한 건가? 하고 순간 생각했지만, 그렇다 해도 그 사실을 마키타 씨가 모른다는 건 말이 안 된다. 그렇다면…….

"아……."

"어?"

"아, 아뇨. 아무것도 아니에요. 잊어버리세요."

한 가지 짚이는 데가 있었다. 혹시……. 아니다, 분명 그럴 것이다.

"……그래? 그럼 다 먹을 때쯤 다시 올게."

더 깊이 추궁하지 않고 마키타 씨는 방에서 나갔다. 혼자가 된 병실에서 나는 그의 이름을 불렀다.

"사신 씨……."

아빠를 불러줬구나. 실은 내가 가족을 보고 싶어 한다는 걸 알고.

콩닥콩닥, 심장 뛰는 소리가 들린다. 평소보다 조금 빠른 그 고동이 어쩐지 기분 좋아서 나는 심장에 손을 대고 살며시 눈을 감았다.

다음 날, 나는 아무도 없는 병실에서 혼자 밖을 내다보고 있었다. 오늘은 아직 사신 씨가 오지 않았다. 언제 오려나. 빨리 좀 오지……. 사신 씨…….

"헉……."

순간 쿵, 하고 맥동하는 가슴에 통증을 느껴 나는 가슴을 눌렀다.

"후…… 하……."

심호흡을 몇 번 반복하고서야 간신히 심장 고동이 안정을 되찾았다. 사신 씨를 생각하면 심장이 쿵쿵 크게 울려댄다. 그것은 그 시절, 렌에게 느꼈던 마음과 비슷한 것 같다…….

그런 내 마음속에 하나의 의문이 샘솟고 있었다. 처음엔 그저 조금 비슷하다고 생각했다. 그런데 사신 씨를 알면 알수록, 그의 존재가 렌과 겹친다.

"그럴 리 없어."

몇 번이고 마음속에 떠오르지만 이내 부정하고 마는 의혹.

혹시…… 사신 씨는 렌이 아닐까?

그런 일이 있을 리 없다. 렌은 분명히 그날 퇴원했으니까. 그리고 지금쯤 나 같은 건 잊고 어디선가 건강하게 지내고 있을 것이다. 게다가 사신이 되었다는 건 렌이 죽었다는 말인데……. 그럴 리가…….

하지만 만약 그게 사실이라면 약속한 해에 오지 않았던 것도 설명이 된다. 약속을 잊은 게 아니라, 렌도 사실은 오고 싶었는데 올 수가 없었다고, 그렇게 내 마음 편한 대로 생각할 수 있다. "절대 그럴 리 없어!"와 "어쩌면……"을 몇 번이나 거듭하며, 이 두근거림조차도 사신 씨와 렌을 혼동하고 있기 때문이 아닐까, 라는 생각까지 하게 되었다.

"……휴우."

이런 건 사신 씨한테도 물을 수 없는데, 대체 어떻게 해야 하지. 혼자 침대 위에서 고민하고 있자니, 똑똑 노크 소리가 들렸다.

"네."

"마히로, 잘 잤어?"

"마키타 씨, 안녕하세요."

생글생글 미소를 띠며 나타난 사람은 마키타 씨였다. 재빠르게 내 혈압을 재더니 아침 체온을 확인한다.

"오늘도 별다른 이상은 없지?"

"아, 네……."

"응? 왜 그래? 무슨 일 있어?"

모호한 말투에 마키타 씨는 무슨 일이냐며, 침대 밑에서 의자를 꺼내 옆에 앉았다.

"무슨 일 있으면 언제든 얘기해줘. 내가 해결할 수 있는 일도 있고 그렇지 못한 일도 있겠지만, 마히로가 여기서 잘 보낼 수 있도록 돕는 건 내 일이니까."

"고마워요."

이렇게 마키타 씨는 어릴 때부터 가족처럼 성심껏 챙겨주었다. 렌이 퇴원한 뒤 혼자가 되어 울고 있을 때도 줄곧 곁에 있어 주었고…….

"아……!"

왜 그걸 몰랐지? 마키타 씨라면……!

"저, 저기!"

"왜? 뭔데?"

"시이나 렌이라고, 혹시 기억하세요?"

"……렌."

마키타 씨의 표정이 달라진 것 같은 기분이 들었다.

"마키타 씨?"

"……."

입을 꾹 다문 마키타 씨의 모습에, 이것은 물어서는 안 되는 얘기라는 걸 눈치챘다. 아아, 역시 렌은 죽었고 그래서 사신 씨가…….

"렌! 반가운 이름이네!"

"네……?"

마키타 씨의 표정이 금세 밝아지나 싶더니 반갑다는 듯 이야기하기 시작했다.

"너무 오랜만이라 누군지 떠올리는 데 시간이 좀 걸렸어! 렌이라면 마히로랑 친했던 남자아이 말이지?"

"아, 네."

"옛날 생각난다. 그런데 갑자기 렌은 왜?"

의아하다는 듯 고개를 갸웃거리는 마키타 씨에게 뭐라고 말해야 좋을지 모르겠다. 이 반응이라면, 렌이 죽었다는 사실을 모르는 건가? 아니지, 아니면 렌이 죽었다고 생각하는 자체가 내 착각인지도 모른다.

아니야, 그래도…….

"마키타 씨, 혹시 렌이 지금 어떻게 지내는지 아세요?"

"응? 나는 모르는데. 혹시 그 당시 담당 간호사라면 뭔가 들은 얘기가 있을지도 모르지만……. 물어봐 줄까?"

"아, 네. 부탁 좀 드릴게요"

내 대답이 의외였는지, 마키타 씨는 살짝 놀란 듯한 표정을 지었다. 지금껏 누군가에게 귀찮아할 만한 일을 해달라고 한 적은 없었다. 내가 무언가를 바라면 누군가가 곤란해진다. 그렇게 생각했으니까.

"알았어. ……마히로, 뭔가 좀 변한 것 같다."

"그래요?"

"응. 뭐랄까……. 전보다 훨씬 생기가 있어."

죽기 직전이 되어서야 생기가 있다니, 이 얼마나 아이러니한 일인가. 그렇지만 분명 그럴지도 모르겠다. 사신 씨와 처음 만났을 때는 당장이라도 영혼을 가져가 달라고, 딱히 이 삶에 미련 같은 건 없다고 그렇게 생각했었는데. 살아 있기에 할 수 있는 일이 아직 많이 남아 있을지도 모른다. 하지만 이제는 남은 시간이 별로 없으니까. 그러니까…….

"그럼, 소식 알게 되면 나중에 다시 전해줄게."

"고맙습니다."

마키타 씨는 자리에서 일어나 병실에서 나가려고 했다. 그런데 나는 마키타 씨의 말이 쐐기처럼 가슴에 박혔다. 나중에……. 마키타 씨가 말한 '나중에'라고 하는 때에 나는 살아 있을 수 있을까? 어쩌면 내일일지도 모른다. 아니면 일주일 후. 아니, 그보다 훨씬 더 나중이 될 수도 있다. 그렇게 된다면 나는 이 의문을 풀지 못한 채 죽게 된다. 그런 건…….

"마키타 씨!"

"응?"

"저기, 되도록 빨리 물어봐 주실 수 있나요?!"

"왜, 왜 그래?"

내 기세에 눌렸는지 마키타 씨는 놀란 듯이 뒤를 돌아봤다. 그런 마키타 씨에게 뭐라고 말해야 좋을지 모르겠다. 왜냐면 마키타 씨는 내가 곧 죽는다는 사실을 모를 테니까.

"그게……."

선뜻 입을 열지 못하는 내게 마키타 씨는 부드럽게 말했다.

"음, 뭔지는 잘 모르겠지만, 알았어! 지금 바로 물어보고 올게."

"정말요?"

"마히로가 그렇게 간절하게 말하는데, 내가 가만히 있을 수야 없지."

마키타 씨는 싱긋 웃더니 병실을 나갔다. 마키타 씨의 뒷모습이 보이지 않게 되고서야 나는 침대에 쓰러지듯 벌러덩 누웠다.

누군가가 렌의 행방을 알고 있다면 좋을 텐데……. 하지만 그게 수월하진 않을 것이다. 렌이 퇴원한 지 벌써 상당한 시간이 흘렀으니까. 그렇게 쉽게 알 수가 없겠지. 나는 침대에 널브러진 채 창문 너머로 보이는 벚나무를 바라보고 있었다.

“마히로!”

“어? 마키타 씨?”

몇 분 뒤 복도를 총총 달리는 소리가 들리는가 싶더니, 마키타 씨가 뛰어 들어오듯 병실로 돌아왔다. 병원 복도를 뛰었다고 나중에 야단맞지 않아야 할 텐데……. 아니, 그보다…….

“무, 무슨 일이에요? 그렇게 급하게…….”

“렌 말인데!”

“네?”

뺨에 홍조를 띤 채 마키타 씨가 평소에는 내지 않는 흥분한 어조로 말하기 시작했다.

“당시 담당 간호사한테 물어봤어! 그랬더니 바로 며칠 전에 정기 검진차 미국 병원에서 검사를 받은 참이라고 하더라고!”

“정말이에요? 미국이라니……. 렌이 미국에 있는 거예요?”

“응, 그렇대! 이렇게 금방 알 수 있을 거라고는 생각 못 해서 깜짝 놀랐어. 바로 마히로한테 알려줘야겠다 싶어서 달려왔지.”

마키타 씨는 기쁜 듯 말했지만, 나는 정기 검진이라는 단어가 마음에 걸렸다. 아직도 문제가 있어서 검진을 받는 걸까? 혹시, 또…….

“저, 저기! 정기 검진 결과는요?”

“재발하지도 않았고 아주 건강하대!”

“휴, 다행이다.”

나는 침대 위에 앉아 안도의 숨을 내쉬었다. 렌은 건강하구나. 미국에 있다고 하니, 그래서 약속한 그해에 못 왔던 거구나. 혹시나 아주 조금이라도 벚꽃을 보러 가고 싶은 마음이 있었다면 그걸로 됐다.

"마히로……."

"아, 죄송해요, 다행이다 싶어서……."

어느새 뺨을 타고 흐른 눈물을 닦고, 나는 웃음을 보였다. 그런 나를 보고 마키타 씨는 다정하게 미소 지었다.

"그동안 쭉 렌을 기억하고 있었구나."

"……네."

"그랬구나."

순간 마키타 씨에게서 안타까워하는 듯한 표정이 보인 것 같았다. 어쩌면 병원에 남겨진 내가 렌을 생각하고 있다는 것을 가엾게 여기고 있는 걸지도 모른다.

"그래도 잘 지내는 것 같아서 마음이 놓여요."

"그러게! 그럼 난 이제 일하러 돌아가야겠다."

"아, 네. 소식 전해주셔서 고맙습니다!"

병실을 나가는 마키타 씨에게 감사의 인사를 하고 나는 그녀가 해준 이야기를 곰곰 생각했다. 렌은 살아 있다. 미국에서 건강하게. 그 사실이 기쁘고…… 그리고 아주 조금은 외롭다.

"그랬구나, 내 생각이 틀렸네."

사신 씨는 렌이 아니다. 렌이 아니야…….

"윽……."

그런데 어째서일까. 이렇게 가슴에 구멍이 뻥 뚫린 것 같은 기분이 드는 것은.

어쩌면 나는 마음속 어딘가에서 사신 씨가 렌이길 바랐었는지도 모른다. 어린 시절 느꼈던 아련한 감정이, 어느새 다른 사람에게 끌리는 감정으로 인해 묻혀버린다는 죄책감에서 벗어나기 위해…….

"아니야."

그런 게 아냐. 나는…….

"뭐가 아닌데?"

"……사신 씨!"

별안간 들려온 그 목소리에 당황해 뒤를 돌아보자, 언제 나타났는지 그가 창문에 기대듯 서 있었다.

"무, 무슨 일인데?"

"별거 아냐!"

마침 사신 씨를 생각하고 있는 찰나에, 타이밍 좋게 당사자가 나타나는 바람에 내 심장은 평소의 두 배 속도로 뛰고 있었다. 그런 나를 사신 씨는 이상하다는 듯 바라본다.

"무슨 일 있었어?"

"아무 일도 없는데……."

그렇다, 아무 일도 없다. 아무 일도 없기 때문에 그래서 더 렌이 가슴속에 오래 남아 있었던 건지도 모른다.

"사신 씨."

나는 결심을 굳혔다.

"두 번째 소원, 결정했어."

"어?"

사신 씨는 느닷없는 내 말에 놀란 듯 그렇게 말했다.

이제 이 감정으로부터 피하는 건 그만두자. 언제까지고 계속 도망칠 수만은 없잖아. 그러기 위해서는 과거의 사랑에 작별인사를 고해야 한다.

"먼 곳에 있는 사람을 만날 수는 없겠지?"

"글쎄, 네가 건강하다면 직접 데려갈 수도 있겠지만, 지금의 너를 장시간 데리고 나가는 건……."

"그렇겠지? 그렇다면 먼 곳에 있는 사람의 모습을 영상 같은 걸로 볼 수는 없을까?"

"어떤……?"

내가 하는 말의 영문을 모르겠다는 듯 사신 씨는 고개를 갸웃거렸다.

"전에 렌에 대해서 얘기했잖아."

"아아."

"그 애가 지금 미국에 있대."

"어……?"

사신 씨가 깜짝 놀란 소리를 냈다. 그런 그를 보며 나는 살짝 웃었다.

"놀랐지? 오늘 간호사 선생님한테 물어봤더니 알려줬어. 미국에서 잘 지내고 있대. 어쩌면 약속도 어기고 싶어서 어긴 게 아니라, 올 수가 없었기 때문이었는지도 몰라."

"그래."

"그래서 말인데, 나, 죽기 전에 한 번이라도 좋으니까 현재 렌의 모습을 보고 싶어. 실제로 만나고 싶다고는 안 할게. 뭐라도 좋으니까 렌이 지금 건강히 지내는 모습을 볼 수 있다면, 안심하고 죽을 수 있을 것 같아."

진짜 이유는 말할 수 없다. 하지만 전부 거짓말은 아니다. 그런 내 말을 사신 씨가 어떻게 받아들였는지는 모르겠지만, 그는 잠시 골똘히 생각하는가 싶더니 짧게 대답했다.

"알았어."

"할 수 있는 거야?!"

"어. 상대방을 간섭하는 것도 아니고, 그저 모습을 보고 싶다는 거잖아. 그렇게 소소한 부탁이라면 못 들어줄 이유가 없지."

사신 씨는 기분 좋아 보이는 목소리로 말했다. 그 태도에 이질감이 느껴졌다. 왜 그런 목소리를 내는 거야, 사신 씨?

"……그럼, 간다."

병실에 놓인 TV에 사신 씨가 손을 대자, 지지직 하는 소리가 나더니 불쑥 화면이 켜졌다.

"어……."

거기에는 커다란 집의 정원을 뛰어다니는 한 남자아이의 모습이 있었다. 마지막에 만났을 때보다 키가 부쩍 자라 있었지만 금방 알아볼 수 있었다. 저 아이는…….

"렌……."

렌의 뒤로 보이는 집의 현관이 열리고 렌의 부모님과 큰 개가 뛰어나온다. 다들 건강해 보인다. 키우고 싶어 했던 개도 키울 수 있게 됐구

나. 저렇게 건강하게 될 수도 있고…….

“다행이다…….”

마키타 씨의 말을 의심한 건 아니었다. 그래도 이렇게 렌의 모습을 볼 수 있어 마음이 놓임과 동시에 후련하게 정리가 된 것 같다.

“…….”

바로 옆에 있는 사신 씨의 모습을 물끄러미 바라본다. 이렇게 생각할 수 있게 된 것은 분명…….

“왜 그래?”

“아냐, 아무것도.”

내가 렌이 아니라 자신을 바라보고 있다는 것을 알아챈 사신 씨가 이상하다는 듯 고개를 갸웃거린다. 그런 사신 씨에게 나는 고개를 내젓고 다시 화면에 비치는 렌을 향해 시선을 보냈다. 하지만 머릿속은 옆에 서 있는 사신 씨에 대한 생각으로 가득했다.

있잖아, 내가 지금 이렇게 렌의 모습을 보면서도 사실은 사신 씨를 생각하고 있다는 걸, 당신은 아마 상상도 못 할 거야. 사신 씨 덕분에 나는 과거가 아닌 미래를 바라보며 걸을 수 있게 됐어. ……얼마 남지 않은 미래지만.

그날 밤, 나는 꿈을 꿨다. 흐드러지게 핀 벚꽃 아래 사신 씨와 나란히 걸어가는 꿈을. 아주 행복하고 달콤하면서도 아련한 꿈이었다.

5.
또 다른 사신

그날도 여느 때처럼 병실에 찾아온 사신 씨와 느긋하게 시간을 보내고 있었다. 내가 침대에서 내려오자, 그도 내 뒤를 쫓아오듯 창문 옆에 섰다.

"왜 그래?"

"저기."

그의 말에 나는 벚나무를 가리켰다. 그날 사신 씨가 벚나무를 소생시켜준 뒤로 마치 지금까지의 부진함을 만회하기라도 하듯 벚나무는 쑥쑥 자랐다. 주변 나무들보다 한참이나 작았는데, 이대로라면 조만간 따라잡을 것 같다.

"저렇게 급성장하면 사람들이 수상하게 여기지 않을까?"

"괜찮아. 주변 나무들이 커서 잘 모를 거야."

사신 씨답지 않은 낙관적인 발언에 무심코 웃음이 새어 나왔다.

"그런가?"

"그럴 거야."

"그렇구나!"

나는 사신과 나란히 벚나무를 보면서, 옆에 선 그의 얼굴을 곁눈질했다. 그렇다곤 해도 여전히 후드를 깊숙이 눌러 쓴 덕분에 간간이 보이는 입가 말고는 아무것도 보이지 않는다. 처음엔 표정이 보이지 않아서 불안했다. 그런데 어느새 돌아보니 그런 사소한 부분쯤은 신경 쓰지 않게 되었다.

신기하다. 사신 씨와 만난 지 아직 스무날도 지나지 않았는데, 그 옆자리가 이렇게 편안하게 느껴지다니. 그는 그다지 말수가 많은 편이아니라서 둘 사이에 침묵이 흐르는 경우도 종종 있었다. 하지만 그것은 어색한 침묵이 아니라 대화가 없어도 마음이 편안한 분위기였다. 그래서일까, 사신 씨도 나와 보내는 이 시간을 불편하게 여기지는 않겠지, 하는 생각이 드는 것은.

"왜 그래?"

내 시선을 알아차린 그가 의아하다는 듯 이쪽을 돌아본다. 나는 무슨 말이라도 해야겠다 싶어 열심히 화제를 찾았다.

"아, 아무것도 아냐! 근데 저 나무, 어떤 꽃이 필 것 같아?"

"어떤 꽃이라……. 벚나무니까 벚꽃이겠지."

"그건 모르지. 벚꽃인 줄 알고 싶었는데 실은 다른 나무였을 수도 있잖아."

스스로도 엉뚱한 말을 하고 있다는 건 알고 있다. 하지만 그런 내 이야기에도 사신 씨는 진지하게 생각하고 대답한다.

"음……. 그럼 복숭아라든가? 매화?"

"글쎄? 의외로 바나나가 열린다거나"

"뭐, 바나나? 그건 아니지."

풋, 하는 소리를 내더니 그는 어이가 없다는 듯 몇 번이고 "바나나라니" 하며 웃었다. 그런 사신 씨의 반응이 좋아서 나도 모르게 한술 더 뜨고 말았다.

"뭐? 그럼 사신 씨는 복숭아라는 거지? 나는 바나나니까, 틀린 사람은 맞힌 사람이 시키는 대로 하기, 어때?"

"상관없지만, 바나나는 아니지."

"그거야 모르는 거지. 그럼 약속한 거다."

"어. ……아니, 음. 근데 그건……."

"아……."

어이없다는 듯 웃던 그는 이내 말문이 막히고, 나는 내가 실언했다는 것을 알아챘다. 그렇다, 내가 그 답을 알 수 있는 날은 오지 않는다. 답을 알게 될 때쯤이면 나는 더 이상 이 세상에 없을 테니까…….

"아……, 이상한 말 해서 미안! 그야, 그렇지, 바나나는 아니겠지, 바나나는. 상식적으로 생각하면 당연히 벚꽃이지."

허둥지둥 얼버무리고 다시 한 번 벚꽃 쪽으로 시선을 되돌렸다. 그런 나를 보며 사신 씨는 뭔가 말하고 싶은 듯했지만, 결국은 아무 말도 하지 않은 채 다시 벚꽃을 바라보았다.

당연히 알고 있는 사실인데, 왜 이리도 충격이 큰 거지? 그는 내 영혼을 가지러 온 사신이고, 나는 이제 곧 죽는다. 그가 내 옆에 있는 건 단지 영혼을 가져가기 위해, 일을 하기 위해서인데…….

나는 옆에 서 있는 사신 씨의 모습을 슬며시 엿본다. 여전히 얼굴도 표정도 보이지 않지만, 그의 존재를 느끼는 것만으로도 가슴이 아프고 애달파진다.

"……후우."

나는 사신 씨가 눈치채지 못하도록, 두근두근 울려대는 심장을 진정시키기 위해 천천히 심호흡을 반복하고 있었다. 이 심장 고동은 병 때문이라고, 줄곧 그렇게 설명해왔지만 실은 이미 알고 있었다. 다만 인정하고 싶지 않았을 뿐.

이번에는 부디 사신 씨에게 들키지 않기를. 그런 생각을 하고 있는데, 막상 내가 옆에 선 사신 씨를 쳐다보면 그도 나를 보느라 눈이 마주쳤다.

"왜?"

"사, 사신 씨야말로."

"난 그냥 네가 자꾸 이쪽을 보는 것 같아서."

"……아, 안 봤어!"

들켜버린 게 창피하고 겸연쩍어 나는 허둥대며 부정했다. 그런 나에게 그는 다정한 어조로 말했다.

"그래? 그럼, 내 착각이었나 보네. 미안."

고작 이만한 일에 심장이 쿵 하고 아플 정도로 소리를 내며 날뛰었다. 가슴이 조인다. 심장이 아프다. 이토록 심장박동이 격렬하다면 내 심장은 사신 씨의 수첩에 적힌 날짜까지 못 버티지 않을까. 만약 이것 때문에 예정보다 일찍 심장이 멈춰버린다면 그가 호되게 꾸중을 듣지는 않을까. "저 애의 사망일이 바뀐 것은 네 탓이다!"라면서. 그런 생각을 하고 있자니 불쑥 웃음이 터져 나왔다.

"후후……."

"즐거워 보이네."

"어?"

"웃고 있길래."

그 말에, 이번에는 순순히 수긍할 수 있었다.

"응. 요즘은 왠지 날마다 즐거워."

"다행이네."

"그건 아마도 사신 씨가 매일 이렇게 와주기 때문일 거야."

"난 아무것도 하는 게 없는데."

그렇지 않다. 만약 사신 씨가 없었다면, 나는 지금도 하루하루 시간이 흘러가기만을 기다리며 지루하고 나태하게 보내고 있었을 테니까. 이렇게 매일이 즐겁다는 생각을 하게 된 게 얼마 만이지? 어쩌면 렌과 함께했던 그 시절 이후로 처음인지도 모른다. 그때도 매일이 즐겁고 반짝거렸다. 분명 병으로 입원해 있는데도, 그런 걸 잊어버리는 날도 있을 만큼 렌과 함께 있는 시간이 즐거웠다.

그러고 보니 렌과도 이렇게 병실에서 단둘이 시간을 보내곤 했었다. 간호사가 순회하는 시간에도 렌의 병실에 있다가 "빨리 본인 병실로 돌아가도록!" 하고 종종 담당 간호사에게 꾸중을 듣곤 했다. 렌이 병문안

온 손님에게 받은 파운드케이크를 밥 먹기 전에 둘이서 먹었다가 저녁 밥을 남기는 바람에 간호사들을 걱정시킨 적도 있었는데, 실은 파운드 케이크를 먹고 배가 불렀기 때문이라는 것이 들통 나서 얼마나 어이없어 했는지.

얼마 전까지만 해도 렌과의 추억은 돌이켜보면 슬프고 가슴 아프기만 해서 다 잊은 척하곤 했었다. 그 정도로 렌은 나의 든든한 버팀목이었다. 렌이 열심히 치료를 받는다고 생각했기에 나 역시 그 어떤 힘든 치료도 견딜 수 있었다. 그랬는데, 어째서일까?

"왜?"

"아니, 아무것도 아니야."

사신 씨와 함께 있으면 렌과 함께했던 날들을 떠올려도 더 이상 가슴이 아프지 않다. 그보다도 오늘은 어떤 이야기를 할까, 내일은 그가 어떤 이야기를 들려줄까. 사신 씨와 보낼 날들을 어느샌가 기대하고 있는 자신의 모습을 발견하고 가슴 한켠이 찌릿하게 저려오듯 달콤한 고통이 전해졌다.

"아무것도 아니긴. 아까부터 몇 번이나 날 보고 있잖아. 뭐 할 말 있는 거 아냐?"

수상하다는 투로 말하는 그를 향해 나는 얼버무리듯 웃었다.

"정말 아무것도 아냐. 다만……."

"다만?"

"그러니까 그게……. 아, 그래. 난 사신 씨에 대해서 아는 게 아무것도 없는 것 같아서."

“나에 대한 것?”

“응, 예를 들면 좋아하는 거라든가.”

“좋아하는 거라…….”

내 질문에 그가 입을 다물었다. 즉흥적으로 떠오른 생각이었지만, 화제를 돌릴 수 있어 다행이었다. 사신 씨는 “음”과 “어”를 되풀이하며 생각에 잠겼다. 이게 그렇게 어려운 질문인가?

“저, 저기. 대답하기 어려우면 안 해도…….”

“아냐, 그런 건 아닌데. 딱히 좋아한다고 할 만한 게 떠오르질 않아서…….”

“그렇구나. 그럼…….”

“아, 근데.”

뭔가 생각났다는 듯, 그는 이쪽을 향해 말했다.

“너랑 보내는 시간은 싫지 않은 것 같아.”

“…….”

왜 갑자기 그런 말을 하는 걸까. 쿵쾅쿵쾅, 심장이 소리를 낸다. 이런 기분이 되게 하지 말아줘. 심장이 아플 정도로 울려댄다. 그런 말을 들으면 기대하게 되잖아.

“괜찮아? 왜 그래…….”

그때 그의 목소리를 차단하듯, 노크 소리가 병실에 울렸다. 누가 병문안 온다는 얘기는 못 들었고, 순회시간치고는 좀 이르지만 간호사인가? 나는 사신 씨에게서 고개를 돌리고 작게 심호흡을 한 뒤, “네” 하고 대답했다. 그 대답만 기다리고 있었다는 듯 문이 열린다. 그리고 거기에는 낯익은 남성이 서 있었다. 그는 내 얼굴을 보더니 "안녕하세요" 하고 빙그레 웃었다.

"안녕하세요……?"

누구였더라……. 어디선가 본 적이 있다. 아빠나 엄마의 지인? 이라기엔 젊다. 아니, 그렇다기보다는 최근에 병원이 아닌 곳에서…….

"앗!"

그 사람이다. 지난번, 사신 씨와 데이트할 때 공원 벤치 앞에 서 있던……!

"실례합니다."

"아, 어, 저기……."

정체를 물어봐야겠다 싶어 한 걸음 내디딘 나를 무시하고, 그 사람은 저벅저벅 병실로 들어와 내 뒤에 있던 사신 씨의 어깨를 움켜잡았다. 그리고 그 사람은 미소를 띤 채 사신 씨에게 말을 걸었다.

"너 여기서 뭘 하고 있는 거야?"

"……일하는데요."

"그건 아는데, 그것 말고도 해야 할 일이 있잖아? 보고서 제출은?"

"오늘 밤에……."

"마감이 어제까지였잖아?"

그 말에 사신 씨는 난감한 듯 머리를 긁적이고, 그 사람은 한숨을 쉬었다.

"다른 일 소홀히 하지 마."

"죄송합니다."

"내가 가져갈 테니까 당장 써."

"여기서요?"

그의 말에 사신 씨는 당황스러운 듯 탄성을 질렀으나, 그 사람은 차가운 어조로 말했다.

"싫으면 안 해도 돼. 네가 벌칙을 받으면 그만이니까. 이를테면…… 담당을 교체한다거나."

그렇게 말하면서 그 사람은 나를 쳐다봤다. 자동으로 이끌리듯 이쪽을 바라보는 사신 씨와 눈이 마주치자, 허둥지둥 TV 장식장 아래에 비치되어 있는 테이블을 꺼냈다.

"지금 바로 쓰겠습니다."

"처음부터 그렇게 하면 얼마나 좋아."

사신 씨는 주머니에서 종이를 꺼내더니 테이블에 대고 무언가를 쓰기 시작했다. 나는 도무지 상황파악이 안 되어 어떻게 해야 좋을지 몰라 우두커니 서 있었다. 그런 나를 보며 그 남자가 붙임성 좋아 보이는 미소를 짓는다.

"미안, 이 녀석 좀 잠깐 빌릴게."

"아……, 네……."

이 사람은 대체 사신 씨와 무슨 관계일까. 사신 씨도 당연하다는 듯이 이야기하고…… 그리고……. 아아, 몰라! 모르겠어!

"저, 저기…… 뭐 좀 물어봐도 될까요?"

"응?"

"얼마 전에 공원에 계셨던 분이죠……? 당신 눈에는 사신 씨가 눈에 보이나요?"

"응, 보이는데?"

그 사람은 당연하다는 듯 그렇게 말했다. 하기야 둘이서 이야기를 나눴으니 그건 당연한 사실이겠지만, 실제로 사신 씨가 보인다는 사람을 처음 만났기 때문에 깜짝 놀랐다. 이 사람도 나처럼 사신 씨를 볼 수 있구나……. 죽음을 앞둔 인간은 자신을 담당한 사신을 볼 수 있다고 사신 씨가 전에 말했었다. 그렇다면…….

"난 이 녀석의 선배야."

"선배?"

"응, 나도 사신이거든. 그래서 이 녀석을 볼 수가 있는 거지."

"당신도 사신……."

"그렇긴 해도 이제 영혼을 거두는 일은 하지 않지만. 잘 부탁해."

그렇게 말하며 그 사람은 손을 내밀었다. 조심스레 그 손을 잡긴 했지만, 그래도 여전히 상황파악이 잘 안 된다. 이 사람은 사신 씨의 선배, 그리고……? 알 수 없는 것이 너무 많다.

"그, 그런데 담당하는 사신 말고는 내 눈에는 안 보여야 하는 거 아닌가요?"

"잘 알고 있네. 그런데 나는 예외야. 우리 같은 관리직은 영혼을 가져가는 일을 안 하는 대신에 이 친구들이 실수했을 때 대처할 수 있도록 모든 대상자가 우리를 알아볼 수 있게 되어 있어."

싱긋 웃는 얼굴이 보통의 인간과 조금도 다르지 않다. 다만, 사신 씨와 마찬가지로 차가운 손이 이 사람도 죽은 사람이라는 것을 증명하고 있었다.

"……."

"뭐, 그건 그렇다 치고."

내가 말이 없어지자 그 사람은 사신 씨 쪽으로 시선을 옮겼다.

"다 됐어?"

"조금만 더 하면 돼요."

"빨리 해. 나도 가봐야 하니까."

"죄송합니다."

사신 씨는 무언가를 열심히 쓰고 있다. 뭘 쓰는지 들여다보려던 내 시야를 방해하듯이 사신 씨의 선배라는 사람이 그 사이로 끼어들더니 나를 향해 웃었다.

"네가 마히로지?"

"어떻게 제 이름을……."

"후배가 담당하는 인간의 이름 정도는 기억하지."

"그래요?"

붙임성 좋아 보이는 얼굴로 웃는 그 사람을 보고 있자니 조금 마음이 놓인다. 표정이 보이지 않아도 이제는 사신 씨의 감정을 어느 정도 알아챌 수 있게 되었지만 역시 표정이 보여야 오해 없이 제대로 대화하는 느낌이 들어서 좋다.

"저기, 그……."

"응?"

"아까 당신도 사신이라고……."

"그렇지."

사신이 둘이 되는 바람에, 나는 그를, 그리고 눈앞의 이 사람을 뭐라고 불러야 좋을지 모르겠다. 둘 다 사신 씨라고 불러야 하나? 아니면…….

나를 담당하는, 나의 사신 씨…….

그 표현에 왠지 가슴이 두근거리고 얼굴이 달아오름을 느낀다. 뺨이 붉어진 것 같은 느낌이 들어서 황급히 고개를 숙였는데, 그런 건 전혀 안중에도 없는 듯 내 앞의 두 사람은 이야기를 이어간다.

"아, 사신이라고 부르면 이 친구랑 헷갈릴 테니까 나는 오빠라고 불러."

"선배님, 다 썼습니다."

"오."

그 사람은 사신 씨의 말소리에 뒤를 돌아 건네받은 편지를 확인한다.

"어떻습니까?"

"오케이. 그럼 제출할게."

"잘 부탁드립니다."

그리고 그대로 돌아가는가 싶더니, 내 쪽을 다시 돌아봤다.

"그러니까, 나를 부를 때는 말이지……."

"선배님."

"왜?"

"……선배 사신 씨?"

사신 씨를 따라 그렇게 불렀더니 선배 사신 씨는 호들갑을 떨며 아쉬운 듯 소리를 높였다.

"아, 뭐야 그렇게 딱딱하게 부를 거야? 오빠가 아니라?"

"선배님, 오빠 소리 들을 나이 아니잖아요."

"시끄러워."

선배 사신이 손가락으로 쿡 찌르는 듯한 동작을 하자 사신 씨는 익숙한 포즈로 피했다. 이유가 뭘까. 선배한테 말할 때의 사신 씨는 나이 차가 많이 나는 형을 잘 따르는 동생 같아 흐뭇하다. 사신 씨도 이렇게 장난스러운 말을 할 줄도 아는구나 싶어서 나도 모르게 웃음이 새어 나왔다. 그런 나를 보고 사신 씨는 불만스러운 듯 선배한테 말했다.

"선배님 때문에 웃음만 샀잖아요."

"그게 나 때문이라고? 아니, 뒷수습해주러 왔더니 건방지구만. 뭐지? 마히로 앞이라서 그런 건가?"

"그런 거 아니에요."

"이거 봐, 정색하긴."

"이제 그만 가세요. 서류 제출 잘 부탁드리고요."

창문 너머로 떠밀 듯, 사신 씨는 선배를 쫓아내려고 한다. 그런 사신 씨에게 "어쩔 수 없지" 하고 웃더니 선배 사신 씨는 나에게 손을 흔들었다.

"또 보자, 마히로."

"아, 저기!"

"응?"

"또 오세요."

내 말이 의외였는지 선배는 동그란 눈을 한층 더 동그랗게 뜨고는 사신 씨와 내 얼굴을 번갈아 보고 히죽 웃었다.

"마히로 양은 내가 또 왔으면 좋겠다는데."

"그래요?"

"마히로 양이 나를 보고 싶다는 거니까 네가 막을 권리는 없겠지?"

"그렇죠."

사신 씨는 못마땅하다는 듯 그렇게 말하고는 샐쭉하게 고개를 돌렸다.

"그럼, 또 올게."

사신 씨가 늘 그러는 것처럼 선배 사신 씨는 창문 밖으로 녹아들듯 사라졌다.

"정말이지……."

조그만 소리로 중얼거리면서 커튼을 치는 사신 씨의 모습이 어쩐지 귀여워 웃고 말았다.

"후훗……."

"왜 웃어?"

"아무것도 아냐."

사신 씨의 말투가 평소보다 어리게 느껴져 나도 모르게 자꾸 웃게 된다. 선배 앞에서는 평상시와 달리 직접적으로 감정을 전달하는 것 같다.

"저기, 사신 씨."

"왜?"

"선배 사신 씨랑 친해?"

내 말에 사신 씨는 당치도 않다는 듯 고개를 내젓는다.

"그냥 선배일 뿐이지 딱히 친한 건 아냐……."

"그래?"

"응. 먼저 말을 걸어오니까 상대해주는 거지. 그리고 선배는 선배니까 뭔가를 의논하거나 그럴 때는 항상……."

"그렇구나."

본인은 모르는구나. 평소보다 자신의 감정에 솔직해지고 평범한 남자아이 같은 모습이 된다는 것을. 어쨌든 평소의 사신 씨와는 다른 일면에 나도 모르게 미소가 지어진다. 그런 나를 보며 그는 볼멘소리를 했다.

"뭐야, 그 얼굴은."

"후후, 글쎄."

키득키득 웃는 나를 보고, 아마도 지금쯤 후드 속에서 못마땅해하며 오만상을 찌푸린 얼굴을 하고 있을 것이 틀림없다. 그런 사신 씨를 상상하니 왠지 더 재미있어 웃음이 멈추질 않는다.

"아하하하……, 켁……, 콜록콜록"

"너 뭐 하는 거야?"

"미, 미안."

너무 웃는 바람에 사레가 들려서 콜록거리는 나에게 그는 어이가 없다는 듯이 냉장고에서 물을 꺼내 건네주었다.

"고마워……!"

물을 받을 때 닿은 사신 씨의 손이 시원한 물보다도 차갑다. 이렇게 즐거운 한때를 보내고는 있지만 이 사람이 살아 있는 인간과는 다르다는 사실을 새삼 상기시켰다. 가슴이 저릿하게 아팠다. 사신 씨가 나와는 다른 시간을 살고 있다는 사실이 슬프다. 이렇게 눈앞에 있는데, 살아가는 시간이 교차하지 않는다는 것이 슬프고 가슴 아프다…….

"……."

그런 생각을 떨쳐내듯 나는 차가운 물을 단숨에 마셨다. 가슴 속에서 제대로 타오르지 않고 연기만 피우고 있는 열을 식히기라도 하듯이.

또 온다고 하더니, 정말로 다음 날 오후 선배 사신 씨가 병실로 찾아왔다. 노골적으로 귀찮아하는 듯한 목소리의 사신 씨를 보니, 내가 괜한 말을 했나 싶기도 했다.

그래도 선배와 같이 있을 때의 사신 씨는 나와 둘이 있을 때보다 귀여워서 그 모습을 좀 더 보고 싶었다. 게다가 나는 아직 내 안에 싹튼 새로운 감정을 마주할 자신이 없기에 더 이상은 도저히 사신 씨와 단둘이만 있을 수가 없었다. 당연한 결과 아닐까.

"있지, 마히로."

"뭡니까?"

선배 사신 씨가 이름을 부르는 건 아무것도 아닌데. 괜히 중간에 사신 씨가 끼어든다.

"네가 너무 잘해주면 선배가 기고만장해져."

"그게 무슨 의미지?"

"말 그대로의 의미인데요."

"아하하하."

사신 씨가 "너"라고 나를 부를 때마다 심장이 아플 정도로 두근거린다. 선배와 눈이 마주치는 것보다 사신 씨가 후드 너머로 내 쪽을 보고 있다는 걸 눈치챘을 때가 더 긴장돼 뺨이 달아오르고 말이 잘 안 나오게 된다. 더는 숨길 수 없는 이 감정을 사신 씨에게 들키지 않을 자신이 없었다.

하지만 이 감정이 해피엔딩이 되지 않으리라는 것도 알고 있기에……. 그래서 차라리 선배 사신 씨가 와줘서 마음이 놓였다. 안 그러면 사신 씨를 향한 마음이 점점 더 커져 울고 싶어지고 애달파질 테니까. 가슴이 저린 이 감정을 참지 못하고 "좋아해"라는 한 마디가 튀어나올 것 같았으니까.

"마히로?"

"아……. 그, 죄송해요. 아무것도 아니에요."

말이 없어진 나에게 선배 사신 씨는 걱정스러운 듯한 표정을 지었다. 그런 거 아니라고, 서둘러 손을 팔랑팔랑 흔들며 아무것도 아니라는 것을 강조했지만, 오히려 더 걱정을 끼쳤는지 선배 사신 씨는 나와 시선을 마주치기 위해 웅크려 앉았다.

"왜 그래? 피곤해?"

"아, 아뇨. 그런 게 아니라……."

"선배님이 와서 시끄럽게 하니까 그렇죠."

"너, 마히로 앞에서는 제법 큰소리치는데. 뭐지, 강해 보이고 싶은 거야?"

"아니에요!"

두 사람의 대화를 듣고 있으니 왠지 재미있어서 나도 모르게 웃음이 났다. 나를 대할 때와는 조금 다르게 들리는 건 왜일까. 이렇게 시원시원하게 대화할 수 있는 관계라는 게 참 부럽다. 사신 씨, 나한테도 이런 식으로 말 걸어주면 안 될까? ……어렵겠지. 그건 상대가 선배라서 가능한 건지, 아니면 남자끼리라서? 어느 쪽이든…….

"좋겠다."

"뭐가?"

"둘이 친해서."

"그런 거 아냐."

사신 씨는 진심으로 부정하듯 말하지만 그런 반응조차도 친하다는 증거 같았다.

"그런 거 맞아. ……부러워."

나한테도 이런 식으로 말을 걸어줬으면 좋겠다는 생각은 하지 말자. 어차피 말이 안 되는 얘기다. 나는 어디까지나 영혼을 가져가야 하는 대상이지 사신 씨의 친구가 아니니까. 그래, 바로 그거야!

"너도 친한 사람 한두 명쯤은……."

"나도 사신이 되면 사신 씨랑 친해질 수 있을까?"

"뭐?"

"어? 앗……!"

나도 모르게 튀어나온 말에 화들짝 놀라서 입을 막았다. 하지만 이미 늦었다. 한번 뱉은 말은 두 사람의 귀에 똑똑히 들어갔는지, 사신 씨는 뭔가 하려던 말을 멈춘 채 그대로 굳어 있었다. 그리고 선배 사신 씨도 순간적으로 놀란 표정을 짓더니 어색한 듯 웃었다.

"마히로는 이 녀석과 친해지고 싶어?"

"아, 그, 그게……."

어떡하지, 뭐라고 말해야 좋을까. 분명 이상하게 들렸을 것이다. 어쩌면 숨겨둔 감정을 들켜버렸는지도 모른다. 어떡하지……. 무슨 말을 해야 좋을지 모르겠는데, 그 순간 선배 사신 씨가 내 머리를 부드럽게 쓰다듬었다.

"네……?"

"그래, 병원에만 쭉 있었으니 외로웠겠지. 우리가 친하게 얘기하는 걸 보고 마히로도 우리랑 친구가 되고 싶다고 생각한 거구나."

"그, 그게……."

"착한 아이야. 마히로는 잘하고 있어."

"……."

선배 사신 씨가 한 말은 맞는 것 같으면서도 틀리기도 했다. 하지만 사신 씨가 어딘가 안도한 듯 숨을 내쉬는 것을 보고 나는 선배 사신 씨의 얼굴을 봤다. 선배 사신 씨는 마치 자신은 다 알고 있다는 듯 온화하게 미소짓더니, "괜찮아" 하고 속삭였다.

"저기, 마히로."

"네."

"나랑 주스 사러 갈래?"

"주스요?"

"그렇다면 제가……."

"너 지금 마히로랑 같이 병원 안을 돌아다닐 수 있겠어?"

"아……."

무슨 의미지?

내가 의아하게 생각한다는 걸 눈치챘는지 사신 씨는 빙그레 웃었다.

"나는 이제 영혼을 가져가는 일을 하지 않는다고 했었지?"

"아, 네."

"그러니까 난 어딜 가든 괜찮지만, 이 녀석은 마히로 말고도 담당하는 인간이 있거든. 혹시 그 사람이 마침 이 병원에 왔다가 우연히 맞닥뜨릴 수도 있으니까."

"아, 그렇겠네요."

하기야 사신이 맡고 있는 인간들끼리 우연히 마주친다면 어색하고 민망할지도 모르겠다. 어쩐지 잘 이해가 되지는 않았지만, 그런가 보다 하고 스스로를 납득시켰다.

"넌 어떻게 할 거야? 여기서 기다릴래? 아니면 오늘은 그만 돌아갈래?"

"기다릴게요."

"그래. 그럼, 마히로랑 잠깐 갔다 올게."

"갔다 올게."

"다녀와."

사신 씨의 배웅을 받고, 나는 선배 사신 씨와 나란히 병실을 나갔다. 우리를 물끄러미 바라보는 사신 씨의 시선을 등 뒤로 느끼면서.

"갑자기 미안."

"아, 아니에요."

"왠지 저 공간에서 좀 벗어나는 게 좋을 것 같아 데리고 나왔는데, 내가 괜한 짓을 한 건가?"

"그, 그런 거군요. 아니에요, 고맙습니다."

역시 이 사람은 다 알고 있다. 아까도 내 실언을 도와 주었다는 걸 그제야 이해하고는 "감사합니다" 하고 다시 한 번 말했다. 선배 사신 씨는 어색한 미소를 띠면서 내 머리를 톡톡 친다.

"사신을 좋아하다니, 겁도 없이."

"그러게요."

"말은 이렇게 하지만. 나도 예전에 그런 경험이 있어서 뭐라고 말은 못 하겠네."

"네……?"

엉겁결에 선배 사신 씨를 올려다보자, 그가 난감하다는 듯 웃고 있었다.

선배 사신에게도 경험이 있다는 건 무슨 뜻일까. 나처럼 똑같이 사신인 누군가를 좋아한 적이 있다는 걸까, 아니면…….

"영혼을 가져가야 하는 담당 아이를 좋아한 적이 있어."

그렇게 말하고, 선배 사신 씨는 슬픈 얼굴로 미소를 지었다.

"그 말은……."

"벌써 몇 년이나 지난 이야기지만. 그땐 꽤 힘들었어."

무언가 생각난 듯 선배 사신 씨는 먼 곳을 바라본다. 담당한 인간을 좋아하게 되다니, 그런 일이…….

"그래서요……?"

"응?"

"어떻게 됐어요?"

내가 적극적으로 묻자, 선배 사신 씨는 질문의 의도를 모르겠다는 듯 고개를 갸웃거렸다.

"어떻게, 라니?"

"그러니까, 그 좋아하게 된 사람과는……."

이런 얘기를 할 수 있다는 건, 혹시 빠져나갈 길이 있는 걸까? 그래서 선배 사신 씨는 나를 데리고 나온 거고, 그리고…….

하지만 그런 나의 어렴풋한 기대감을 깨끗이 날려버리듯, 선배 사신 씨는 눈을 감더니 좌우로 고개를 저었다.

"거짓말."

"그게 우리 일이니까."

"너무해요."

그런 슬픈 일이 있을 수 있을까. 소중한 사람의 영혼을 자기 손으로 거두다니…….

"아……."

혹시, 그래서? 그래서 사신 씨는 그런 식으로 철저하게 얼굴이 안 보이게 후드를 깊게 눌러 쓰고 있는 것일까? 영혼을 거두어갈 대상인 나, 살아 있는 우리 인간과 깊이 연관되지 않으려고. 그렇다면 내 마음 같은 건 사신 씨에게는 방해가 될 뿐이겠네…….

"이상한 얘길 해서 미안."

"아니에요……."

"하지만 나 같은 아픔을 마히로는 겪지 않았으면 좋겠어. 아무리 저 녀석을 좋아해도 사신과 인간은 이어질 수가 없어."

"……."

그런 건 나도 알고 있다. 안다고 말할 생각이었는데, 선배 사신 씨의 얼굴을 보자 아무 말도 할 수 없었다. 왜냐면 그는 당장이라도 울음을 터뜨릴 것 같은 얼굴로 웃고 있었으니까.

"미안해요."

"왜 마히로가 미안해. 나야말로 아무것도 도와주지 못해서 미안."

그는 내 머리를 부드럽게 토닥이더니 다시 한 번 따뜻하게 미소 지었다.

"자, 주스 사러 갈까?"

"아……."

"너무 늦으면 그 녀석이 뭐라고 할 거야."

"그렇겠네요."

선배 사신 씨 옆에 나란히 서서 걷기 시작했다. 재미있고 유쾌하게 이야기하는 선배 사신 씨에게 웃으며 맞장구를 친다. 그런데 나는 지금 자연스럽게 웃고 있나? 그런 이야기를 듣고도, 그런데도 사신 씨가 보고 싶은 이 마음을 어찌하면 좋을까. 나는 선배 사신 씨 옆을 걸어가면서 어색한 미소 아래 그런 생각만 하고 있었다.

자판기에서 주스를 사고 병실 문을 열려고 문고리를 잡았다. 그런데

그런 나에게 선배 사신 씨는 "쉿" 하고 손가락을 입에 댔다. 대체 왜 그러는 거지? 내가 이상하게 생각하자, 선배 사신 씨는 병실 문을 소리가 나지 않게 살며시 열고 손짓했다.

나도 그를 따라 문틈으로 병실 안을 들여다본다. 그러자 안절부절못하고 병실 안을 오락가락하다가 의자에 앉았다 일어났다를 반복하는 사신 씨가 보였다.

"뭐 하는……?"

"마히로가 나랑 나가서 안 돌아오고 있으니까 걱정되나 보지."

"설마."

"정말이지 못 말린다니까."

말이 끝나자마자 선배 사신 씨는 병실 문을 기세 좋게 열었다. 갑자기 열린 문에 놀랐는지 이쪽을 돌아보는 사신 씨. 그런 사신 씨와는 대조적으로 성큼성큼 병실 안으로 들어가더니 선배 사신 씨가 물었다.

"왜 그렇게 놀라?"

"뭐…… 뭘요."

그러더니 사신 씨는 고개를 돌린다. 그런 그에게 선배 사신 씨는 "흐음?" 하더니 이쪽을 쳐다봤다.

"마히로, 미안. 나 이만 가볼게."

"아, 네."

"아무튼, 그런 줄 알고."

"네? 아, 네."

"마히로, 또 보자."

선배 사신 씨는 손을 흔들고는 병실 밖으로 모습을 감췄다. 남겨진 것은 나와 사신 씨. 서먹한 분위기를 어떻게든 풀어볼까 싶어 이야기를 꺼내보려 했는데 적절한 말이 떠오르질 않는다. 나의 이 변변치 못한 의사소통 능력이 싫다. 결국 아무 말도 못 한 채 나는 무거운 침묵을 떨쳐내듯 주스 뚜껑을 열었다.

"꺅!"

"어?"

생각한 것보다 더 동요하고 있었던 건지, 페트병을 쥔 손에 힘이 들어갔던 모양인지 뚜껑을 연 순간 액체가 쏟아져 나왔다. 흘러넘친 주스가 내 손을 지나 바닥에 물웅덩이를 만들고 있다.

"어, 어떡해!"

"뭐 하는 거야."

사신 씨는 어이없다는 듯 그렇게 말하고, 당황한 내게서 페트병을 집어 들고 걸려 있던 타월로 내 손을 닦았다.

"……."

이런 와중에도 타월 위로 꽉 느껴지는 손아귀의 힘에 가슴이 콩닥거린다. 그런데 타월을 사이에 두고 있어서일까? 미세한 온기를 느낀 것 같은 이 기분은. 그럴 리 없다. 그런 일이 있을 리가 없는데. 그 온기가 다정해서 마음이 아팠다.

"이제 됐어."

"아……."

"응?"

"아니야, 고마워."

아무리 청량음료라고 해도 주스는 주스다. 이대로 두면 끈적끈적해질 것 같다. 사신 씨가 열심히 닦아주긴 했어도 한 번은 흐르는 물로 씻어야겠지. 그런 생각을 했는데…….

"저, 저기."

"왜?"

"그러니까, 그…… 손을……."

"손? ……앗! 미, 미안!"

그제야 사신 씨는 여전히 자신이 손을 꽉 잡고 있었음을 깨닫고 황급히 손을 놓고 고개를 돌렸다. 나도 어떻게 해야 좋을지 몰라서 우두커니 있는데, 살짝 상기된 톤으로 그가 말했다.

"나도 오늘은 이만 돌아갈게."

"아……."

내게 등을 보이며 창가로 걸어가는 사신 씨를 향해 나도 모르게 말을 걸었다.

"저, 저기……!"

"왜?"

사신 씨가 뒤를 돌아본다. 이 사람은 대체 무슨 생각을 하고 있을까. 후드 속에서 대체 어떤 표정을 짓고 있을까. 아무리 상상하고 생각해봐도 그 질문에는 답이 안 나온다.

"무슨 일 있어?"

"아니, 아무것도 아냐."

"그래. 그럼, 내일 봐."

"아……! 응, 내일 봐!"

별생각 없이 한 말일지 모른다. 하지만 당연한 듯 대꾸한 "내일 봐"란 말에 내일도 오는구나 싶어 기분이 좋아졌다. 그리고 사신 씨는 언제나처럼 창문 너머로 자취를 감췄다.

나는 그의 모습이 보이지 않을 때까지 창밖을 바라본 뒤, 아무도 없는 병실을 둘러봤다. 그렇게 말수가 많지는 않은 사신 씨이지만, 그가 돌아간 뒤의 병실은 어쩐지 더 조용하고 적막하게 느껴진다.

"아……."

아까 내 손을 닦느라 사신 씨가 집었던 타월이 바닥에 떨어진 채로 있는 걸 발견하고 나는 그것을 집어 들었다.

"……."

그럴 리가 없는데도 타월 위로 닿았던 사신 씨 손의 감촉이 아직 남아 있는 것 같은 기분이 들어, 그것을 꽉 움켜쥐었다. 그런데…….

"앗, 차가워."

흘러넘친 주스를 닦았던 타월은 차가워져 있었다. 그 차가움이 오히려 더 생생하게 사신 씨의 차가운 손을 생각나게 해, 슬프지도 않은데 왠지 눈물이 흐를 것 같다. 렌을 좋아했던 시절과는 다른, 가슴이 아리고 아파서 울고 싶어지는 이 마음. 사신 씨를 만나면 기쁘고 심장이 두근거리고 뭉클해지고 만지고 싶어진다. 아아, 역시 나는 사신 씨를 좋아하는구나. 이렇게 가슴이 먹먹해질 정도로.

"좋아해."

나직이 중얼거린 그 말은 해가 저물어가는 병실 안에서 그대로 사라져갔다. 어둑해진 병실 안에서 나는 그 감정을 몇 번이고 확인하듯이, 사신 씨의 모습을 떠올리면 가슴 한구석이 아려오는 아픔을 여러 번 느꼈다.

6.
사신이 하는 일

다음 날도 그 다음 날도 사신 씨와 함께 선배 사신 씨가 얼굴을 비췄다. "이 녀석이 제출해야 하는 서류가 쌓여 있어서 말이지"라고 선배 사신 씨는 말했지만……. 아무도 없는 병실에서 "좋아해" 하고 소리 내어 말한 그날부터 날이 갈수록 사신 씨를 향한 감정이 커져만 가는 나에게 선배 사신 씨의 존재는 고마웠다.

사신 씨의 모습을 보는 것만으로도 가슴이 두근거린다. "너"라고 불리기만 해도 누군가 심장을 꽉 조이는 것처럼 저릿하다. 이렇게나 좋아하게 되었다고 해도 어쩔 도리가 없다. 그렇다는 걸 알지만…….

테이블에 대고 서류를 작성하는 사신 씨는 안중에도 없이, 선배 사신 씨는 침대 옆 의자에 앉더니 나에게 말을 걸었다.

"그러고 보니 여기 일인실이지?"

"네. 다인실도 있지만 거기는 어린아이들이 많아서 전 개인실을 쓰고 있어요."

"흐음. 외롭지 않아?"

선배 사신 씨는 태연하게 물었다. 당연히 외롭다. 하지만 어린아이들의 울음소리를 듣는 게 힘들기도 하고, 싫은 일이나 괴로운 일이 있을 때 개인실에서는 아무에게도 그 모습을 보이지 않아도 되니 마음이 편하다. 그리고…….

"요즘엔 사신 씨가 오니까……."

"오호?"

"전에는 해 질 무렵이나 자다가 한밤중에 깼을 때 문득 기분이 울적하거나 외로워질 때도 있었는데 지금은 괜찮아요."

"밤중에?"

내 말에 선배 사신 씨는 뭔가 걸리는 부분이 있는지 미심쩍다는 듯한 표정으로 나를 봤다.

"이 녀석이 그 시간에도 온다는 거야?"

"네……. 왜요?"

"이 자식……."

내 말에 선배 사신 씨가 어이없다는 듯 사신 씨를 쳐다봤다. 그는 선배의 시선을 피해 변명하듯 작은 목소리로 중얼거렸다.

"상관없잖아요."

"아니, 그건 괜찮은데. 담당하는 다른 일도 제대로 하고 있는 거야? 예를 들어……."

"하고 있으니까 걱정하지 마세요."

"그렇다면 다행이지만."

당황한 듯 대답하는 사신 씨의 모습이 마치 엄마한테 야단맞는 어린이 같아 무심코 웃음이 나온다.

"왜 웃어?"

"아무것도 아냐."

토라진 듯한 말투조차 귀엽게 느껴진다.

……그러고 보니, 사신 씨는 몇 살일까? 차분한 분위기라서 막연히 나보다는 연상이겠지 생각했는데. 애초에 사신에게 나이라는 게 있는지조차도 모르겠다. 원래는 인간이었다고 했으니 그렇다면 죽었을 당시 나이인가?

물어보고는 싶지만 어디까지 자세히 물어봐도 되는지 잘 모르겠다. 하긴 물어본다 한들 대답해줄지도 모르고…….

"왜 그래?"

"어?"

"표정이 수시로 바뀌네."

사신 씨의 지적에 나는 허둥지둥 뺨을 가린다. 그렇게 이상한 얼굴을 하고 있었나? 창피해…….

"그, 그게 아니라……."

"이 녀석한테 뭐 물어보고 싶은 거라도 있어?"

하지만 그런 나에게 선배 사신 씨는 모든 걸 간파했다는 듯 미소를 지었다. 물어보고 싶은 거, 물어봐도 될까?

"저기, 그……."

"응?"

그렇다고 해도 이제 와서 새삼스레 몇 살이냐는 질문은 왠지 하기가 어렵다. 갑자기 왜 이러는지 이상하게 생각할지도 모르고. 그래도 질문할 기회가 더는 없을지도 모르는데…….

나는 사신 씨 쪽으로 몸을 돌리고 물었다.

"있잖아! 사신 씨는 영혼을 거두어가는 일 말고 뭔가 다른 일도 해?"

"어……. 그건……."

"그럼. 지난번에 했던 것 같은 서류 작성 같은."

우물쭈물하는 사신 씨 대신 선배 사신 씨가 대답해주었다. 그렇구나, 그런 것도 사신 씨의 일이구나.

"그런 일도 하는구나. 사신의 일이라고 해서 난 사람의 영혼을 데려가는 것 정도만 하나 싶었어."

"사신의 수는 그렇게 많지가 않으니까."

그렇구나, 하고 생각하면서 사신 씨 쪽을 본다. 그러자 눈이 마주칠 리가 없는데도 그는 노골적으로 외면했다. 어째서?

"뭐, 그래서 이 녀석이 다른 업무를 너무 등한시한다면 마히로의 담당에서 제외할 수도 있다는 얘기가 있지만."

"그래요……?"

"괜찮아. 신경 쓰지 마."

풀이 죽은 나에게 사신 씨는 걱정하지 말라고 한다. 하지만 선배 사신 씨는 그런 그를 의심스러운 듯 쳐다봤다.

"흐음? 정말 괜찮은 거야?"

"네, 괜찮아요."

"……그렇다면 다행이고."

진지하게 대답하는 사신 씨와는 대조적으로 어딘가 재미있어 보이는 말투의 선배 사신 씨. 이건 분명…….

"사신 씨를 놀리는 거예요……?"

"오, 어떻게 알았지."

"아니……, 선배님!"

내 말에 놀림 받았다는 것을 드디어 눈치챈 사신 씨가 화난 것처럼 자리에서 일어선다. 그런 그를 향해 낄낄 웃더니 선배 사신 씨는 책상 위의 서류를 들고 나를 보며 웃었다.

"아이고, 무서워라. 이 녀석이 무서워서 오늘은 이만 돌아갈게."

"아, 네. 내일 봐요."

"……응, 내일 봐."

그렇게 말하고 선배 사신 씨는 사라졌다. 나는 어쩐지 아까 하던 이야기를 계속할 기분도 들지 않아 입을 다물고 있었다.

"……다른 건?"

"어?"

"다른 건 물어보고 싶은 거 없냐고?"

조금 전까지 선배 사신 씨가 앉아 있던 의자에 앉더니 사신 씨는 내 쪽을 향했다.

"대답해줄 거야?"

"뭐, 대답할 수 있는 거라면. 물어보고 싶은 게 없으면 말고."

그대로 이야기를 마무리하려는 사신 씨에게 나는 부랴부랴 질문을 던졌다.

"그, 그럼! 좋아하는 음식은?"

"……전에도 말한 것 같은데, 사신에게는 식사의 개념이라는 게……. 뭐, 그래도 굳이 꼽자면, 오므라이스 정도?"

"귀엽네."

"뭐래."

쑥스러워하는 듯한 사신 씨의 모습에 무심코 웃음이 나온다. 그 밖에도 나는 몇 개의 질문을 했다. 전부 대답해준 건 아니었지만, 그는 대답할 수 있는 질문에 대해서는 성의껏 답변을 해주었다.

"자, 그럼……."

"아직도 있어?"

"이게 마지막 질문이야. ……사신 씨는 몇 살입니까?"

"……그건."

우물거리는 모습을 보니 답하기 곤란한 질문이구나 싶어 김이 빠진다. 그래도 다른 질문에는 많이 대답해줬으니 고맙게 생각해야지.

"역시, 그럼 이 질문은 없는 걸로 치고! 아까 한 질문으로 끝!"

나는 실망한 얼굴을 감추고 미소짓는다.

하지만 그런 나에게 사신 씨는 들릴 듯 말 듯한 소리로 중얼거렸다.

"위."

"어?"

"그러니까……."

얼떨결에 내가 되묻자 사신 씨는 마지못해 말하는가 싶더니 이내 체념했다는 듯 입을 열었다.

"너보다 조금 위라고."

"그렇구나."

"응."

구체적으로 몇 살이라는 답은 듣지 못했지만, 이걸로도 충분했다. 그렇구나, 역시 사신 씨는 나보다 연상이었구나. 그게 지금 나이인지 아니면 죽었을 때 나이인지는 묻지 못했지만 그래도 좋았다.

"고마워. 사신 씨에 대해 더 많이 알게 된 것 같아."

"다행이네."

"근데 왜 알려주려고 생각했어?"

문득 떠오른 의문을 단도직입적으로 물었다. 그러자 사신 씨는 명쾌하게 답을 해주었다.

"나만 네 정보를 알고 있고, 너는 나에 대해 아무것도 모른다는 건 불공평한 것 같아서."

"불공평……?"

"응. 그뿐이야."

"그렇구나……."

어째서인지 아까까지는 그렇게 마음이 몽글몽글했는데 지금은 단숨에 차갑게 식어간다. 슬프고, 실망스럽고, 애달프다……. 다양한 감정이 뒤죽박죽 섞여 어떤 표정을 해야 좋을지 모르겠다.

"그러네……. 일인 거니까."

"어?"

"이상한 걸 물어서 미안."

웃어, 평소처럼 밝게 웃으라고. 그런 생각을 하면서도, 눈물이 날 것 같은 마음을 참을 수가 없다.

"아……."

"미안."

"어……?"

"내가 좀 재수 없게 말했지."

"사신 씨……?"

후드 위로 머리를 긁적이더니, 사신 씨는 "아……" "으……" 하고 잠시 끙끙대더니 체념했다는 듯 이쪽을 보았다.

"너한테는 대답해도 좋겠다는 생각이 들었어. 딱히 일이라서라든가 의무라든가 그런 이유가 아니라."

"그 말은……."

"그렇다고 해서 특별히 깊은 의미가 있는 것도 아니지만."

사신 씨는 단숨에 쏟아내듯 그렇게 말하고는, "그럼 오늘은 이만 돌아갈게" 하고 허둥지둥 창문 너머로 모습을 감췄다. 남겨진 나는 여느 때처럼 혼자가 되었다. 두근거리는 심장과 달아오른 뺨 때문에 어쩐지 붕 떠 있는 듯한 기분으로 가득했다.

그날 밤, 나는 홀로 생각에 잠겼다. 나 말고도 담당하는 인간이 있다는 것. 사신 씨는 이 병원 내부를 걸어다닐 수 없다는 선배 사신 씨의 말. 혹시 이 병원 안에 나 말고도 맡고 있는 사람이 있다는 뜻인가……? 그것도 내 주위에? 그 말은 결국…….

"어떡해……."

등줄기가 오싹했다. 그런 생각은 하고 싶지 않아. 사신 씨가 누군가의 영혼을 가져가기 위해, 나 아닌 다른 사람이 있는 곳으로 가기 위해 여기 와 있다니……. 머리로는 알고 있다. 사신이 하는 일이 어떤 것이고, 정확히 무엇인지. 그런데 마음이 그 사실을 이해하기를 거부한다. 하지만 그렇게 생각하니 앞뒤가 맞는 것 같다. 그러고 보니 언제나 사신 씨는 창문을 통해 병실로 들어왔다. 마치 병원 안을 서성이면 곤란하기라도 한 것처럼.

나는 지금 사신 씨에 대한 생각만 하고 있다. 솔직히 말해, 그를 향한 이 감정을 어떻게 해야 좋을지 몰라 힘겨워 하고 있었다. 보통은 좋아하는 사람이 생기면 고백을 하고, 상대도 좋다고 하면 사귀는 것이고 거절당하면 충격받아 울겠지. 그런데 상대는 사신이다. 내 영혼을 가져갈 존재. 어차피 나는 곧 죽을 텐데 고백을 해봤자 무슨 소용인가 하는 생각도 든다. 하지만 그건 그저 고백했다가 거절당하는 것이 두려워 회피하고 있는 것뿐이지 않을까? 그런 스스로의 의문에는 대답할 수 없었다.

"있지, 사신 씨."

아무리 생각해도 방법이 없다. 나는 캄캄한 병실 안에서 사신 씨를 불렀다. 하지만…….

"……어라?"

평소라면 곧장 대답이 있을 텐데 오늘은 아무것도 들리지 않았다. 창문도 열리지 않고, 바람도 들어오지 않았다. 어떻게 된 거지…….

"사신 씨……?"

한 번 더 불러본다. 그러나 그 누구의 목소리도 들리지 않고, 고요한 방에는 두근두근 울려 퍼지는 내 심장 소리만 들린다. 문득 불길한 예감이 든다.

설마, 혹시, 아니야, 그래도…….

어떻게 할까 생각하면서 몸을 일으킨다. 그 순간 드르륵 하고 창문 열리는 소리가 들렸고 나는 재빨리 창가 쪽을 봤다.

"사신 씨……!"

하지만 거기 있는 사람은 사신 씨가 아니었다.

"안녕."

선배 사신 씨가 다리를 꼬고 창가에 앉아 있었다. 평소처럼 빙그레 웃고는 있는데, 뭐지? 그를 감싼 분위기에서 어쩐지 두려운 느낌이 드는 이유는.

"선배 사신 씨……? 저, 저기……."

"있잖아, 마히로."

그러나 선배 사신 씨는 내 목소리 따위 안 들린다는 듯 이어 말했다.

"그 녀석이 어디 있는지, 알려줄까?"
"네……?"
그 녀석이라면 혹시…….
선배 사신 씨는 미소를 지으며 주머니에서 무언가를 꺼냈다.
"그건"
어디선가 본 적 있는 수첩이었다.
혹시…….
"사신 씨 것인가요?"
"잘 아네."
그가 수첩을 휙 뒤집어 표지를 보여준다. 거기에는 일그러진 별 모양이 그려져 있었다. 그것은 언젠가 사신 씨가 주머니에서 꺼냈던, 내 이름이 적혀 있다고 한 그 수첩이었다.
"그게 어쨌다는 말인가요……?"
"들은 적 없어? 여기엔 말이지, 담당하는 인간의 이름과 사인, 그리고 사망일이 적혀 있어. 당연히 마히로도 여기에 적혀 있고."
"그게 어쨌다는……."
"여기 이름 적힌 사람 중에 오늘 죽는 사람이 있다는 거야."
"네……?"
선배 사신 씨는 팔랑팔랑 페이지를 넘기더니 나한테 보여주듯 내밀었다. 그 페이지에는 내가 잘 아는 이름이 적혀 있었다.
"야시로…… 노조미……?"
"하하하, 맞아. 지금 그 녀석은 너랑 친한 어린 여자아이의 영혼을 거두려 가고 있지."

"어, 어째서……."

"응?"

"왜 그런 짓을……."

나는 선배 사신 씨가 한 말과 보여준 이름이 믿기지 않아서, 아니 믿고 싶지 않아서 떼쓰는 어린아이처럼 고개를 저었다. 그런 얘기는 듣고 싶지 않아. 듣고 싶지 않았다. 하지만 부정하려 하면 할수록 지금까지 잘 이해되지 않았던 점들이 맥락을 갖췄다.

'오빠한테 부탁했더니 완전히 건강해졌어!'

'너 지금, 마히로랑 같이 병원 안을 걸어 다닐 수 없잖아.'

그 말이 그런 뜻이었어?

불쑥 들이닥친 사실을 내가 외면하려 하자 선배 사신 씨는 "피하지 마" 하고 양손으로 내 뺨을 살짝 붙들고는 눈을 보며 말했다.

"그것이 우리가, 그 녀석이 해야 할 일이니까."

"그런데 왜 지금 그걸 나한테 말하는 거예요?"

"응?"

"그런 말을 듣게 되면 내가……."

"슬프다고? 괴롭다고? 그 녀석을 싫어하게 될 거라고?"

"……."

할 말을 잃은 내게 선배 사신 씨는 소리 높여 웃는다. 울고 싶지 않은데 생리적 현상처럼 눈물이 나올 것 같다. 그런 날 보며 선배 사신 씨는 코웃음을 치더니 토하듯 말했다.

"역겨워."

"뭐……?"

"사신밖에 모르는 바보처럼 '사신 씨, 사신 씨'만 찾아대고. 마히로, 네가 시선을 피하고 있는 사이에, 네가 모르는 곳에서 그 녀석이 무슨 짓을 하는지 알아? 그런데도 그 녀석을 좋아한다고 말할 수 있어?"

"그런 거……!"

"넌 모른다고? 하지만 넌 그 녀석이 사신이라는 걸 알고 있잖아? 인간의 영혼을 가져간다는 것이 어떤 의미인지, 조금만 생각해보면 알 수 있을 텐데?"

"왜……."

왜 그런 말을 하는 거야? 내가 사신 씨를 좋아한다는 걸 알았을 때, 당신은 그런 날 보며 안쓰럽다는 듯 웃어줬으면서. 그런데 지금 와서 왜 그런 말을……. 눈물로 엉망이 된 얼굴을 환자복 소매로 열심히 닦아가면서 나는 선배 사신 씨를 노려보았다.

"그런 얼굴로 날 노려본다고 해서 아무것도 달라지진 않아. 자, 지금쯤 그 녀석이 그 애의 방에서 무엇을 하고 있을까?"

"……."

나는 그의 손을 뿌리치고 병실을 뛰쳐나갔다. 내 방에서 조금 떨어진 노조미의 병실. 희미한 불빛이 감도는 복도 맞은편에 병실이 보인 순간, 나는 휴 하고 숨을 내뱉었다. 누군가 병실에 드나드는 낌새는 없다. 그렇다는 건 노조미에게 이변은 없다는 것이다. 왜냐면 정말로 무슨 일이 생겼다면 의사와 간호사들이 정신없이 병실로 향할 테니까. 아까 그 말은 분명 날 겁주려고 한 말일 테다. 분명 그럴 거야. 당연히 그럴 것이다.

쿵쾅쿵쾅 소리를 내던 심장을 안정시키기 위해 심호흡을 하고 그런 다음 노조미의 병실 문에 손을 올렸다.

"어……?"

살며시 연 문 너머에서 바람이 불었다.

"왜……?"

거기에는 내가 잘 아는 그의 모습이 있었다. 커다란 낫으로 노조미의 목을 찌른 사신 씨의 모습이.

어떻게 돌아왔을까. 정신을 차리고 보니 나는 침대 위에 있었다. 병실에는 이미 선배 사신 씨의 모습도 없었다. 내가 돌아오기 전에 사라진 거겠지. 그런 건 아무래도 상관없었다. 그보다 아까 본 광경이 뇌리에 박혀 사라지질 않았다.

무서운 꿈이라도 꾼 것 같다. 아니, 차라리 꿈이라면 얼마나 좋을까. 하지만 떨리는 손이, 흐른 땀 때문에 등에 달라붙은 환자복이 그 모든 것이 실제로 있었던 일이라는 걸 말해주고 있었다.

"……그, 그게……, 그런 거라면……."

바들바들 떨리는 몸을 두 팔로 감싸 안는다. 하지만 그런 나를 비웃기라도 하듯, 창문이 열리고 바람과 함께 달빛에 비친 사신 씨가 나타났다.

"아……."

"……."

"오지 마!"

엉겁결에 던진 베개를, 사신 씨는 피하지 않았다. 그는 그 자리에 우두커니 서서 후드 속에 감춰진 얼굴을 내 쪽으로 향하고 있었다.

"싫어……."

"……미안."

"어째서……."

한 걸음 또 한 걸음, 사신 씨가 다가온다. 무서웠다. 처음으로 그가 무섭다고 생각했다. 그래도…….

"더는 오지 마……."

이런 말을 하고 싶은 게 아닌데.

"정말이지……."

사신 씨에게 상처가 될 걸 아는데.

"사신 씨 따위"

말이 멈추지 않았다.

"싫다고……."

사신 씨의 손이 나를 향해 뻗어온다.

하지만 그 손은 나에게 닿지 않고 그대로 떨어졌다. 그래서 이번엔 내가 손을 뻗었고 사신 씨의 차가운 손끝에 닿았다. 그 손이 미세하게 떨리고 있었다.

"사신 씨……."

"미안……."

닿은 손을 꼭 감싸자, 그는 놀랐는지 고개를 들었다.

사실은 이 손이 무서웠다. 두려웠다. 노조미의 생명을 빼앗은 이 손이 미웠다. 차가운 공기를 휘감은 채 엄숙하게 일하던, 즉 낫으로 노조미의 목을 찌르고 있던 사신 씨를 떠올리는 것만으로도 두려워서 도망치고 싶어진다. 하지만 이렇게 떨고 있는 모습을 보니…….

"이 손으로 내 영혼도 가져가는 거야……?"

"……응."

"그리고 또다시 이렇게 혼자서 상처 입을 거고?"

"……."

그런 슬픈 일이…….

"그때 내가 옆에 있어 줄 수 없어서 아쉽네……."

내 손으로 감싼 차가운 이 손이 따뜻해질 수는 없겠지만, 그래도 이렇게 옆에 있어 줄 수 있다면 꽉 쥐고 있는 이 손을 감싸줄 수는 있을 텐데…….

"일을 끝낼 때마다 사신 씨가 이렇게 상처 입어야 한다면 내 영혼은 다른 사신이 거두어주면 좋겠어."

"그건 안 돼!"

"어……?"

"그래도…… 네 사신은 나야. 너의 마지막 순간에 곁에 있는 건 나여야 해."

“어째서…….”

내 말을 가로막듯이 말하는 사신 씨에게 나는 무의식적으로 묻고 있었다. 어째서 그렇게까지……. 그는 아플 정도로, 내 손을 다시 꽉 쥐고는 고개를 들었다.

“……미안.”

사신 씨는 손을 확 떼더니, 한 번 더 “미안” 하고 나지막이 말하고는 창문 너머로 모습을 감췄다.

“아…….”

서둘러 창문으로 손을 뻗었지만, 사신 씨의 모습은 보이지 않았다. 손에는 아직 그가 손 잡아준 감촉이 분명히 남아 있는데…….

“대체 뭐지…….”

사신 씨 혼자 뭘 끌어안고 있는 거야……?

“바보…….”

조그맣게 내뱉은 목소리가 아무도 없는 캄캄한 병실 속 허공으로 사라졌다.

사신 씨가 사라지고 시간이 얼마나 지났을까. 잠이 오지 않아 창밖을 바라보고 있는데 조심스럽게 노크 소리가 들린 것 같았다. 마키타 씨가 오기에는 너무 이른 시간인데, 하고 생각한 순간 한 가지 가능성이 뇌리를 스쳤다. 혹시……. 아니야, 어쩌면…….

"네."

내가 대답하자 아름다운 한 여인이 조용히 문을 열었다. 나는 그 사람을 알고 있었다. 그녀는 노조미의 엄마다.

"안녕하세요."

"……안녕, 하세요."

"이른 시간에 미안해요. 그런데 저희가 이제 곧 병원을 떠나야만 해서."

"……."

그 말이 의미하는 바를, 나는 알고 있다. 분명 그 말은…….

"표정을 보니 이미 알고 있는 것 같네요."

노조미 엄마는 슬픈 얼굴로 가볍게 미소 짓더니 나를 향해 고개를 숙였다.

"어젯밤 늦게 저희 딸 노조미가 세상을 떠났습니다."

"아……."

"의사 선생님이 달려왔을 땐 이미 늦었던 것 같아요. 나도 마지막 순간을 함께하지 못했어요."

"……."

아무 말도 할 수 없었다. 나는 알고 있었으니까. 그 순간을, 내 눈으로 봤으니까.

"그동안 노조미를 예뻐해줘서 고마웠어요."

"제가…… 무슨……."

"항상 언니랑 놀았다면서 노조미가 굉장히 좋아했어요. 입원 중이었음에도 노조미가 많이 웃을 수 있었던 건 분명 마히로 양 덕분이에요."

노조미 엄마는 그렇게 말했다. 그녀의 어깨가 작게 떨리는 것이 보였으나 나는 그저 고개를 저을 뿐 아무 말도 할 수 없었다. 나는 그런 말을 들을 자격 따위 없다. 왜냐면 나는 사신 씨가 노조미의 영혼을 가져가는 것을 지켜만 봤으니까. 왜 더 빨리 알아채지 못했을까…….

아니야, 그렇지 않아. 실은 마음속 어딘가에서 노조미의 말과 행동이 이상하다는 걸 눈치채고 있었다. "오빠한테 부탁했다"라고 노조미가 말했을 때 그게 무슨 의미일까 의아해한 적도 있었다. 하지만 그 말을 확인하는 것이 두려워 나는 아무 말도 하지 못하고 의문을 품는 마음을 덮어버리고 모르는 척했다. 그때 제대로 알아봤더라면, 어쩌면…….

"……그럼, 가볼게요."

노조미 엄마는 손수건으로 눈가를 지그시 누르더니 애써 웃음을 짓고는 병실을 나갔다.

"……가슴 아파."

노조미 엄마가 떠난 병실에서 생각했다. 나도 엄마 아빠한테 저런 표정을 짓게 할까? 온 세상을 잃은 듯한, 슬픔으로 가득 찬 표정을 짓게 만드는 걸까?

지금껏 부모님은 내 병으로 인해 하지 않아도 좋을 고생을 수없이 해야 했다. 그런데 마지막까지 그런 아픔을 주어야 한다니. 고통스럽다. 참을 수 없이 괴롭고 힘들다.

"정말 싫어……."

툭 내뱉은 목소리는 아무도 없는 캄캄한 병실로 빨려 들어가듯 사라졌다.

노조미 엄마와 인사를 나누고, 자려고 몇 번이나 눈을 감았지만 결국 한숨도 못 잔 채 아침을 맞이했다. 방이 점점 밝아지는 것을 멍하니 바라보고 있는데, 똑똑 노크 소리가 울렸다.

"잘 잤어? 마히로."

"……마키타 씨."

"아침 식사 시간이야."

"오늘은 입맛이 없어서 못 먹을 것 같아요."

"응……?"

내 표정을 보고, 뭔가를 깨달았는지 마키타 씨는 책상 위에 쟁반을 놓더니 침대 옆에 놓여 있던 의자에 앉았다.

"혹시 들었어?"

"……뭐를요?"

"노조미 소식."

"……."

"들었구나."

마키타 씨는 고개 숙인 나를 꼭 안아주었다. 그 따스함이 오히려 더 괴롭고 슬펐다.

"둘이 친했잖아."

"흑……."

"너무 슬퍼하지 말라고 하는 건 무리겠지. 당연히 슬프지. 나도 너무

나 가슴이 아파. 그러니까 우리 같이 슬퍼할까?”

“마키타 씨……!”

“울어도 돼.”

“흑…….”

마키타 씨의 따스한 위로가 오히려 나를 괴롭게 만들었다. 나는 마키타 씨의 몸을 밀어내듯이 하고는 고개를 들었다. 눈물로 엉망이 된 시야 너머로 마키타 씨가 놀란 표정으로 나를 바라보고 있었다.

“마키타 씨는 아무것도 몰라요!”

“마히로……?”

“노조미는……! 나 때문에! 내가 도와주지 못해서……! 그래서…… 그렇지만……!”

마키타 씨는 사신 씨가 무슨 짓을 했는지도 모르고, 그런데도 내가 사신 씨를 좋아하는 마음을 못 버린다는 것도 모르니까……! 그러니까……!

“으앙……. 아, 아아아!”

어린아이처럼 소리 높여 우는 나를, 마키타 씨는 “마히로 때문이 아니야”라고 몇 번이고 말하며 등을 쓰다듬어주었다.

얼마나 그러고 있었을까, 마키타 씨의 주머니에서 호출음이 울렸다. 마키타 씨는 전화기와 나를 번갈아 본 뒤, “미안” 하고 일어섰다.

"이거, 이따가 마음 내킬 때 먹어."

마키타 씨는 부드럽게 말하면서 쟁반에서 오렌지와 팩 우유를 꺼내 두고 병실을 나갔다. 나는 탁자 위에 놓인 오렌지를 한입 베어 물었다.

"……아이, 셔."

오렌지는 달콤하면서도 시큼한, 가슴이 먹먹해지는 맛이 났다.

다들 날 배려해주고 있는 건가? 주치의 선생님의 회진은 평소보다 일렀다. 그 후에 보통 상태를 보러 오는 마키타 씨도 청소를 해주는 분도 병실에 오지 않았다. 나는 고요한 병실에 홀로 있었다.

"조용하네."

"아……. 선배 사신 씨."

"안녕."

갑자기 병실 문이 열리는가 싶더니, 여느 때처럼 방긋 웃는 선배 사신 씨가 얼굴을 비췄다.

"……무슨 일이에요?"

"후배가 실수한 건 없나 걱정이 돼서."

"사신 씨라면 한참 전에 돌아갔는데요."

"알아."

그는 나의 쌀쌀맞은 태도에 코웃음 치더니, 침대 옆에 있는 의자에는 앉지 않고 창문에 기대어 이쪽을 봤다.

"……자주 오시네요."

"그러게."

당연하다는 듯한 얼굴로 서 있는 선배 사신 씨에게 괜한 화풀이를 하고 있다는 걸 알면서도 심술궂게 말하는 걸 멈출 수가 없었다. 하지만 그는 그런 내 말 따위 별로 신경 쓰지 않는지 재밌다는 듯 웃었다. 그리고 마치 음식의 맛이라도 묻는 것처럼 나에게 물었다.

"어땠어?"

"뭐가요?"

"그 녀석이 일하는 모습."

"……무서웠어요."

그래, 무서웠다. 나는 무서웠던 거다.

어린 내 친구가 세상을 떠난 사실도 슬펐지만, 그보다 더 언제나 다정하게 내 곁에 있던 사신 씨가 어쩐지 딴사람처럼 보여서 무서웠다. 그리고…….

"그런데 무서운 것 이상으로 마음 아팠어요."

"마음 아팠어?"

"네. ……상처를 입으면서도 영혼을 거두어야 하는 사신 씨의 모습이 불쌍했어요."

"불쌍했다라……."

이 사람 때문에 그런 장면을 목격하게 된 건데, 막상 이 사람에게만 그 이야기를 할 수 있다는 사실이 씁쓸하면서도 나는 입에서 나오는 말을 멈출 수가 없었다.

"뭐 좀 물어봐도 돼요?"

"응?"

"왜 노조미를……."

안다. 알고는 있지만, 묻지 않을 수가 없다. 그런 나에게 선배 사신 씨는 눈을 내리깔더니 토해내듯 말했다.

"말했잖아, 일이라고."

"하지만 아직 그렇게 어린애를!"

"그것이 그 아이의 수명이었어."

"그래도……!"

눈물이 흘러 말을 제대로 할 수가 없다. 하고 싶은 말은 가득했는데, 울면서 "왜……!"를 반복하는 것밖에 못 하는 자신에게 짜증이 난다. 노조미가 그런 일을 당한 것에 대해 분노할 수 있는 사람은, 불만을 말할 수 있는 사람은 그 장면을 목격한 나밖에 없는데……!

"너도 누군가를 위해서 울 수 있는 아이구나."

"네……?"

뺨을 타고 흐르는 눈물을 닦자, 선배 사신 씨는 눈가에 미소를 띠고 나를 바라보았다. 이 사람은 지금 분명히 "너도"라고 말했다.

"너도라니……. 나 말고 누가 또 있는데요?"

나를 보고 누구를 떠올린 거예요……? 그렇게 묻는 나에게 그는 나직이 읊조렸다.

"……미소라."

그 어조가 너무도 다정해서 눈물이 날 것 같았다. 왜냐면 지금 내 눈앞에 있는 건, 언제나처럼 초연하게 굴거나 어젯밤처럼 고약한 미소를 띤 선배 사신 씨가 아닌, 그저 어딘가 쓸쓸해 보이는 한 남자였기 때문이다.

미소라 씨는 대체 누구지? ……실은 딱 한 사람, 짐작 가는 인물이 있는데 혹시 그 사람은…….

"전에 말한, 선배 사신 씨가 좋아했다는 여자인가요?"

"……맞아."

간신히 대답하는 그의 목소리가 너무나 힘겹고 슬퍼 보여서 나는 아무 말도 할 수가 없었다. 그런 내게 선배 사신 씨는 억지로 미소를 지었다.

"내가 사신이 되어 사랑했던 그리고 내 손으로 영혼을 거둔 여자아이의 이름이야."

그 말에 뭐라고 말해야 좋을지, 뭐라고 대꾸하는 게 맞는지 알 수가 없었다. "미안해요"도 "힘들었겠네요"도 아니다. 뭐라고 말해야 하지…….

"……."

얼마나 그러고 있었을까. 나는 마음을 먹고 고개를 들었다.

"선배 사신 씨."

"왜?"

"들려주세요. ……당신과 미소라 씨의 이야기."

내 말에 그는 깜짝 놀랐다는 듯 내 쪽을 바라보았다.

"듣고 싶어요."

"어째서?"

"언젠가 찾아올 나의 미래를 알고 싶어서요."

사실은 두려웠다. 선배 사신 씨는 말했다. 자신이 그 아이의 영혼을 거두었다고. 즉, 이루어진 사랑이 아니라는 것은 명백하다. 하지만 그래도 상관없었다. 나의 이 마음이, 언젠가 흔적도 없이 사라질 이 마음의 결말을 알고 싶었다.

"들어봐야 재미없을걸."

"괜찮아요!"

"그래도……."

"부탁드려요!"

내가 좀처럼 물러서지 않자, 그는 작은 한숨을 내쉬며 침대 옆에 놓인 의자에 앉아 말했다.

"얘기가 길어질 거야"

"뭐부터 얘기하지?"

선배 사신 씨는 조금 난감한 듯 말했다. 평소의 장난스러운 분위기는 없고 어딘가 멋쩍어하는 것처럼도 보였다.

"처음부터 해주세요."

내 말에 그는 한 번 더 한숨을 쉬었다.

"벌써 몇 년이나 지난 이야기야. 전에도 말한 것 같은데, 미소라는 내 담당이었고…… 그래, 마히로보다 두 살 많은 열여덟 살이었어."

"병이 있었어요?"

"아니, 특별히 어디가 아팠던 것도 아니고, 굳이 말하자면 건강 우등

생이었지."

"그럼, 왜……."

"교통사고."

그 장면이 떠올랐는지 선배 사신 씨는 미간에 찌푸리고 눈을 감았다. 시간이 얼마나 지났을까.

"미안."

그렇게 말하고, 그는 작게 기침을 한 번 하고 나서 다시 이야기를 시작했다.

"규정대로 삼십 일 안에 어떤 원인으로 죽을 거라고 내가 고지를 했더니, 미소라는 순간 놀란 표정을 짓고는 '그래?' 하고 웃더라고."

"어머……."

"특이하지? 보통은 이성을 잃고 혼란스러워하거나 울거나 소리를 지르거나 하는데. ……아, 그러고 보니 마히로도 특이했지. '오늘 가져갈 거야?'라고 했잖아."

재미있다는 듯 웃는 선배 사신 씨의 말을 일부러 흘려듣고, 나는 다음 말을 재촉했다.

"그래서, 어쩌다 좋아하게 된 거예요?"

"처음엔 그저 특이한 녀석이라고 생각했어. 그래도 예정보다 빨리 죽게 되면 곤란해지니까 적당히 만나러 가서 적당히 지켜봤는데, 아무래도 애가 위태위태한 거야. 상관도 없는 곳에서 모르는 아이를 보호하다 사고를 당할 뻔하질 않나, 할머니 짐을 들어준다고 육교에 올라갔다가 계단에서 떨어질 뻔하질 않나. 여하튼 그 애한테서 눈을 뗄 수가 없었어. 그때마다 도와주러 가는 나한테 사신이 뭐 이렇게 한가하냐며 웃더라고. 정작 나는 본인 때문에 일이 늘었는데 말이지."

투덜거리는 것 같으면서도 선배 사신 씨는 어딘가 즐거워 보였다. 그런 그를 흐뭇하게 바라보고 있자니, "왜 웃어?"라며 내 이마에 딱밤을 날렸다.

"아야……."

"웃을 거면 얘기 안 할래."

"앗, 이제 안 웃을 테니까 얘기해주세요."

"절대로 웃지 마."

"노력할게요."

"정말이지."

못 말린다는 듯 어이없는 웃음을 띠고, 선배 사신 씨는 다시 추억을 떠올리기 시작했다. 위태로운 상황에서 몇 번이고 미소라를 지켜주는 사이 점점 그녀에게 마음이 끌렸다는 것. 그리고 미소라 씨도 역시 몇 번이나 자신을 구해주는 사신, 선배 사신 씨에게 마음이 끌린 것이다. 하지만…….

"하지만 난 사신이고 미소라는 담당 인간이야. 언젠가 이별의 순간이 온다는 건 내가 가장 잘 알고 있었지. 아무리 그 아이를 좋아해도 일을 수행하지 않을 수는 없어. 설령 내가 하지 않더라도 어차피 다른 사신이 할 테니까. 그렇다면 내가 해야겠다, 했지."

그 얘기를 듣고 나는 혹시나, 하는 생각이 들었다. 선배 사신 씨가 내 병실에 찾아오게 된 것은 사신 씨가 임무를 수행하지 못할 거라고 여겼기 때문이 아닐까? 하고. 나와 사신 씨는 무척 가까워졌다. 아무리 사신 씨가 차질 없이 임무를 수행할 생각이라도 주위에서는 그렇게 생각하지 않을 테니까. 그래서 선배 사신 씨가 우리를 찾아온 게 아닐까. 내가 그렇게 말하자, 그는 "글쎄" 하고 긍정도 부정도 하지 않았다. 하지만 어딘가 슬프게 미소 짓는 모습을 보니 분명 그런 것 같다는 생각이 들었다.

"뭐, 그래서 미소라가 죽는 날이 왔고 내가 영혼을 거두면서 끝!"

"어? 뭔가 중간에서 많이 생략된 것 같은데요?"

"……집요하네."

"고백 같은 건 안 했어요?"

"나는 안 했어."

의미심장한 말투다. 나는, 이라는 건…….

"선배 사신 씨는 안 했지만, 미소라 씨는 다르다는 뜻인 거죠?"

"그런 부분만큼은 용케도 촉이 좋네."

"칭찬받으니 좋네요."

"칭찬한 거 아닌데."

선배 사신 씨는 투덜거렸지만, 물끄러미 자신을 바라보는 내게 체념했다는 듯 "맞아" 하고 말했다.

"영혼을 거두기 전날. 미소라가 나를 불렀어. 그날은 내가 미소라 앞에 나타난 지 이십구 일째 날이었거든. 삼십 일 안이라고 고지를 했었으니까 다음 날 자신이 죽게 된다는 걸 알고 있었겠지. 그래서……."

"그래서 어떻게 했는데요?"

"어떻게 하긴, 나는 사신이니까 고백을 받아들일 수가 없지. 그걸로 끝."
"헉!! 미소라 씨도 그걸로 납득했나요?"
"응. 그랬지. 씨익 웃으며, 그럴 줄 알았다고 하더군."
"……그게!"

그게 본심일 리 없잖아! 그렇게 말하고 싶었다. 하지만 입 밖으로 낼 수는 없었다. 왜냐면 그의 표정은 어딘가 슬퍼 보이기도 하고, 힘들고 아파 보이기도 했으니까……. 지금 내가 굳이 말하지 않아도 미소라 씨의 마음은 그가 가장 잘 알았을 것이다. 좋아하는 여자의 마음이니. 그래도…….

"도저히 방법이 없었던 거예요? 도움받을 방법 같은……."
"없어."
"그래도……!"
"없다고!"

물고 늘어지는 나에게 언성을 높인 뒤, 선배 사신 씨는 아차 싶었는지 "미안" 하고 말했다.

"정말 없었어. 나도 이래저래 알아는 봤지. 전례가 없는지, 수첩에 적힌 이름을 지울 수는 없는지 등등. 하지만 무엇을 해도 소용없었어. 어떻게 해도 미소라를 구할 방법 같은 건 없었다고."
"어떻게……."
"마지막 순간, 미소라는 웃고 있었어. 자신의 영혼을 가져가는 사람이 나라서 다행이라며. 그리고…… 마음 아프게 해서 미안하다고. 그렇게 말하고……."

선배 사신 씨의 눈에서 눈물이 흐르는 것이 보였다. 나는 무슨 말을 해야 좋을지 몰라서 눈물 흘리는 그를 그저 가만히 바라보았다.

선배 사신은 소매 끝으로 눈물을 닦고는 고개를 들었다.

"이걸로 끝인 거야."

"……."

"알겠지? 아무리 그 녀석을 좋아해도 의미가 없다고."

그렇게 말한 선배 사신 씨의 어조는 조금 전까지와는 달랐다.

"의미가 없다니 그럴 리가……."

"없어!"

"미소라 씨도……!"

"미소라도 결국은 죽었어. 너도 죽을 거야. 그 녀석 품에 안겨서."

어째서지? 겉으로는 모질게 말하면서도 그의 얼굴은 나보다도 슬퍼 보였다.

"게다가 너도 그거 봤잖아."

"뭐……?"

"그 녀석이 영혼을 거두는 순간을."

"그건……."

"그런 장면을 보고도 여전히 좋아한다고 할 수 있어? 너를 언니처럼 따랐던 그 어린아이의 영혼을 가져간 녀석을."

노조미 이야기가 나오자 나는 아무 말도 할 수가 없었다. 그 장면을 보고도 그런데도 사신 씨를 좋아한다고, 그래도 되는 걸까. 사신 씨는 노조미를…….

"그 녀석을 향한 마음 같은 건 잊어버리는 게 좋아."

"……."

"그 녀석은 네가 좋아하던 아이의 영혼을 빼앗아간 나쁜 놈이다, 그렇게 생각하면 되잖아. 사신을 좋아해봤자 너만 상처받을 뿐이야."

"선배 사신 씨……."

그래서 당신은 나에게 그 장면을 보게 한 것이군요. 내가 더 이상 상처받지 않도록. 슬퍼하지 않도록. 사신 씨가 하는 일이 구체적으로 어떤 것인지 일부러 보게 해서 사신 씨에 대한 내 마음을 버릴 수 있게 하려고.

"선배 사신 씨, 다정한 분이네요."

"무슨 소리야."

겉으로는 나쁜 사람인 척 굴지만, 그 말의 이면에 숨은 선배 사신 씨의 다정함이 전해져 나는 가슴이 따뜻해졌다.

"결국은 저를 위해서 그렇게 해준 거잖아요."

"글쎄. ……어쨌든 깊이 들어가지 마."

"명심할게요."

"그럼, 이걸로 안녕이야."

그렇게 말하더니 그는 자리에서 일어났다. 그 말에서 어딘가 위화감을 느꼈다.

"그게 무슨 의미예요?"

"진짜, 그런 쪽으로는 감이 좋다니까."

선배 사신 씨는 그렇게 말하고 난처하다는 듯 웃었다.

"나 있지, 사신 그만두려고 해."

"네……?"

"실은 오래전부터 생각하고 있었는데, 발목 잡혀 끌려 다니다가 여기까지 와버렸어. 나랑 비슷한 시기에 죽은 녀석들은 이미 한참 전에 다음 생을 맞이했는데 말이야. 이 일을 계속한다고 어떤 상이 있는 것도 아닌데."

슬픈 미소를 짓더니 선배 사신 씨는 내 머리를 부드럽게 쓰다듬고 작게 중얼거렸다.

"마히로는 그 아이를 닮았어."

"네?"

"뭐지, 그 기뻐하는 듯한 얼굴은."

무심결에 히죽 웃어버린 내게 선배 사신 씨가 미간을 찌푸렸다.

"그야, 선배 사신 씨가 좋아했던 무척 귀여운 여자친구를 닮았다는 이야기잖아요?"

"그런 말은 안 했는데. 거기까지 말하지도 않았고, 역시 자세히 보니까 안 닮았네. 아, 미안. 지금 한 말은 안 들은 걸로 해줘."

"아, 뭐예요?!"

못마땅한 듯 말하는 나를 보며 선배 사신은 키득키득 웃는다.

"그런 식으로 표정이 수시로 바뀌는 점도 미소라를 많이 닮았어. 자신보다 남을 생각하는 점도……. 나도 모르게 자꾸 마히로를 찾아왔던 건 그 녀석이 걱정됐던 것도 있지만, 마히로에게서 미소라의 모습을 보고 싶었기 때문인지도 모르지."

선배 사신 씨는 조그만 목소리로 뭐라고 중얼거렸다. 하지만 뭐라고 말했는지는 분명하게 알아들을 수가 없다.

"선배 사신 씨……?"

"아무것도 아냐."

되묻는 나에게 그렇게 말하더니, 그는 내 머리칼을 부스스 헝클어뜨리고는 웃었다.

"아이, 정말……!"

"있지, 마히로. 내 이름은 아스카라고 해."

"아스카 씨?"

"응."

사신에게도 이름이 있구나……. 그런 엉뚱한 생각을 하는 사이, 선배 사신 아스카 씨는 내 곁에서 떨어져 창문을 열었다.

"그럼 안녕, 마히로. 이제 만날 일은 없겠지만."

"아스카 씨도 잘 지내요."

"응."

싱긋 웃더니, 아스카 씨는 파란 하늘 너머로 모습을 감췄다. 이제 두 번 다시 만날 일은 없을 거라고 했다. 그래도…….

"언젠가 또 만나요, 어디선가."

그때는 행복하게 웃는 아스카 씨를 만날 수 있기를.

창문 옆에 서서 아스카 씨가 사라진 하늘 저편을 바라본다. 푸른 하늘에는 한낮의 달이 떠 있고, 이제 막 지기 시작한 벚꽃잎들이 하늘에서 춤을 추고 있었다.

아스카 씨가 떠나고 잠시 후, 마키타 씨가 점심 식사를 가져다주었다. 역시나 조금밖에 먹지 못했지만, 그래도 조금은 먹었다며 마키타 씨가 자상하게 웃어주었다.

"네 탓이 아니야. 너무 자신을 몰아세우지 마."

그렇게 말하고 쓸쓸한 미소를 짓는 마키타 씨를 보자 심장이 저려오는 것 같아 괴로웠다.

"……있잖아, 사신 씨."

어느새 시간이 흘렀는지, 정신 차려 보니 석양이 지기 시작한 병실에서 사신 씨를 불렀다. 그러자, 순간 머뭇거리는 것처럼 숨을 삼키는 소리가 들리더니 어디선가 목소리가 들려왔다.

"무슨 일이야?"

목소리가 들리는 쪽으로 시선을 응시하자 창문 옆에 낯익은 실루엣이 있는 것을 알아챘다.

"거기에 있었어?"

"……지금 왔어."

얼버무리듯 사신 씨는 그렇게 말하고, 내 쪽으로 다가왔다.

"그 애는, 노조미는 이제 이 세상에 없는 거지……?"

"응."

"그렇구나……."

사신 씨가 노조미를 죽이지 않았다는 걸 알면서도, 그런데도 그 말에 눈물이 쏟아진다. 이제 두 번 다시 노조미의 미소를 볼 수 없다는 사실이 새삼 떠올라 눈물이 멈추지 않는다.

"오빠한테."

"응?"

"오빠한테 부탁했더니 완전히 건강해졌다고 언젠가 노조미가 그렇게 말했었어……."

"아아……. 감기에 걸려서 누워 있을 때 조금이라도 건강하게 지낼 수 있는 시간을 갖고 싶다고 했었거든."

"대단하네. 사신은 그런 것도 할 수 있구나……."

그때 노조미에게 웃는 얼굴을 만들어준 것은 사신 씨였구나. 신나게 복도를 걸어 다니던 노조미가 생각나 또 눈물이 주르륵 흐른다.

"저기."

"어……?"

그런 내게 사신 씨는 조심스레 입을 열었다.

"그 아이가 언니한테 이 말을 전해달라고 했어."

"뭘?"

"'노조미랑 많이 놀아줘서 고마워. 엄청 즐거웠어. 언니 사랑해'라고 전해달랬어."

"흑……!"

그 말이 진실인지, 아니면 사신 씨가 지어낸 착한 거짓말인지 나는 알 수 없다. 하지만 노조미를 보고도 구하지 못했다는 죄책감을 느낀 내 마음을 조금이나마 치유하기에는 충분한 말이었다. 흐르는 눈물을 몇 번이고 닦으면서 나는 노조미의 모습을 떠올린다.

나도 노조미와 함께 시간을 보낼 수 있어 즐거웠어. 노조미가 "언니" 하고 부르면 마치 여동생이 생긴 것 같아 어쩐지 낯간지럽기도 하고 쑥스러우면서도 기뻤어. 노조미랑은 더 많이 놀고 싶었는데. 우리 언젠가 다시 만날 수 있다면 그땐 더 많이 놀자. 병원이 아닌 넓고 자유로운 곳에서 함께 뛰고 많이 웃자. 그러니까 그날까지 잠시만 안녕이야.

"……있잖아."

"응?"

날이 완전히 저물고, 캄캄해진 병실에서 나는 사신 씨에게 다시 한 번 물었다.

"내가 죽으면…… 노조미처럼 사신 씨가 영혼을 가져가는 거지?"

"어, 그렇지."

"그러고 나서는?"

"어?"

"그다음은 어떻게 되는 거야?"

찰나의 침묵이 흐른 뒤, 사신 씨는 말했다.

"나는 거기까지밖에 몰라. 영혼을 가지고 정해진 곳까지 가지고 가면, 그걸로 내 임무는 끝인 거니까."

"……흐음."

사신 씨의 말에 나는 납득할 수가 없어 모호한 맞장구를 친다. 분명 지금 사신 씨는 목에 손을 대고 있을 것이다. 언젠가 꿈에서 보았던 렌처럼. 왠지 그럴 것 같았다.

"그럼 사신 씨와는 거기서 헤어지는 거야?"

그대로 물어봐도 아마 내가 듣고 싶은 대답은 돌아오지 않겠지, 하고 나는 질문을 바꿨다. 그 질문에 "어" 하고 짧게 대답하고 그는 병실을 나가려 했다.

"그럼, 나는 이만."

"앗……."

"……알고 있는지 모르겠지만, 선배가 사신을 그만뒀어. 그 뒤처리 때문에 지금 정신이 없어서. 내일 다시 들를게."

"저……."

뭔가 말을 꺼내려는 나를 견제하기라도 하듯, 사신 씨는 그렇게 말했다. 아스카 씨, 정말로 그만뒀구나……. 사신을 그만둔 뒤엔 어떻게 되는 건지, 물어보고 싶었지만 내가 뭔가 말하기도 전에 그는 병실에서 모습을 감췄다.

"그렇구나. 작별이구나."

또다시 정적이 찾아온 방에서 나는 혼잣말을 한다.

내 주위에서 아스카 씨가 사라지고 노조미가 사라지고, 죽은 뒤에는 가족들이 사라지고, 사신 씨도 사라질 것이다. 결국 나는 다시 혼자가 되는 것이다.

그리고 그날이 찾아오는 것이 그리 머지않았음을 나는 알고 있다. 사신 씨가 나를 찾아온 지 벌써 이십오 일이 지났으니, 약속의 날은 앞으로 닷새 안에 찾아올 것이다. 그 말은 즉, 내 생명이 곧 끝난다는 것을 의미하고 있었다.

7.
잘 가요, 다정한 사신

남은 날이 닷새도 채 되지 않았다고 해서 뭐가 달라지는 것도 아니고 나는 여전히 홀로 병실에서 지내고 있었다. 가끔 겸연쩍은 듯 사신 씨가 얼굴을 슬쩍 비추고는 두서없는 말을 걸어왔다. “오늘은 따뜻하네”라든가 “아까 비가 내렸어”라든가, 정말이지 아무래도 상관없을 법한 이야기들뿐. 하지만 그 어떤 이야기에도 나는 제대로 대꾸를 하지 못했다.

그리고 그런 일이 있었으니 컨디션이 안 좋을까 봐 걱정했는데 오늘도 딱히 별일은 없다. 오히려 심장 통증도 없고 괜찮을 정도였다. 그래도 언제 상태가 나빠져서 그대로 세상을 떠나게 될지는 알 수 없다. 아직 기운이 있을 때 해야 할 일을 끝내야겠다 싶어 간신히 무거운 몸을 일으켜 침대에서 일어났다.

“저기, 사신 씨.”

“왜?”

줄곧 묵묵히 있던 내가 별안간 자신을 부르는 소리에 사신 씨는 조금 놀란 듯했으나 여느 때처럼 대답했다. 그런 그의 태도에 왠지 울고 싶어졌지만, 아무렇지 않은 척하고 나는 이야기를 이어갔다.

"이것 좀 도와줄래?"

고개를 갸웃거리는 사신 씨를 그냥 놔두고, 나는 침대 밑에 넣어둔 상자를 꺼냈다. 병문안 온 사람들에게 받은 것을 이 안에 넣어뒀는데 이렇게 놔두기만 해선 안 된다. 버릴 수 있는 건 버리고 버릴 수 없는 것은……. 음, 어쩌지? 책 같은 건 마키타 씨한테 건네주면 기부할 수 있을까? 아, 안 되겠다. 지금 그런 일을 했다가는 나를 수상하게 여길 테니까. 다른 사람들이 눈치채지 않게 하려면 어떻게 해야 좋을까…….

"그래, 편지."

"편지?"

"응. 정리한 책 위에 이건 놀이방에 기부하겠다고 써두면, 정리할 때 부모님이 알아서 해주시겠지!"

서랍에서 메모지와 펜을 꺼내고, 나는 곧장 '놀이방에 기부'라고 쓴 메모지를 모아놓은 책 위에 올렸다. 테이프 같은 걸로 붙여두고 싶은데…….

"자, 여기."

"어……?"

"필요할 것 같아서."

"고, 고마워."

테이프를 꺼내려고 고개를 들자, 사신 씨는 언제 꺼냈는지 테이프를 내 눈앞에 내밀고 있었다. 어쩐지 호흡이 맞았다는 사실에 가슴이 설레면서도 신경 쓰지 않는 척하면서 테이프를 받았다.

"이건?"

"아, 그건 안 돼!"

상자를 놓자마자, 침대 옆 테이블 위에 올려둔 거북이 봉제 인형이 달린 열쇠고리가 굴러떨어졌고 사신 씨가 그걸 주웠다.

"이건 내가 뽑았던 거잖아……?"

"맞아. ……이건 기부도 안 할 거고 버리지도 않을 거야. 여기에 놔둘 거야."

머리맡에 둔 열쇠고리를 보고 사신 씨가 고개를 갸웃거렸다.

"그런데, 왜 하필 거북이였어?"

"왜일 거 같아?"

"음……. 거북이는 장수의 상징이라고 하니까. 얼마 후에 영혼을 가져갈 사신을 향한 반항인가 싶었지."

"뭔 소리야."

그런 생각을 했구나 싶어서 나도 모르게 웃고 말았다. 이 거북이를 고른 이유는…….

"왠지 날 닮은 것 같아서. 딱딱한 등껍질 속에 숨어서 자신을 마주하지도 못하고 겁쟁이인 채로 도망쳐 사는 나 같다고 생각했어."

"……하긴."

"어?"

"정말 닮은 것 같아."

사신 씨의 말에 가슴이 아팠다. 먼저 그렇게 말한 건 나이면서 막상 상대가 그렇다고 하니까 상처를 받다니. 제멋대로라는 건 나도 안다. 그래도…….

"뿌엑."

고개 숙인 얼굴에 거북이 봉제 인형이 꽉 눌려서 나도 모르게 이상한 소리가 나왔다.

"뭐, 뭐야……."

"봐. 자세히 보면 귀여운 얼굴이거든."

"어?"

"눈도 동글동글한 게, 너랑 똑같아."

"무, 무슨 말이야?! 됐거든!"

그에게서 거북이 인형을 빼앗아 베개로 덮어버리듯 숨겼다.

"왜 그래?"

"아무것도 아냐!"

내내 고민했다. 사신 씨가 노조미의 영혼을 가져가는 모습을 봤으면서, 그런데도 이 사람을 좋아해도 될까? 사람을 죽인 게 아니라 다만 맡은 일을 했을 뿐이다. 몇 번이고 그렇게 생각하려 했지만, 그럼에도 도저히 마음속 답답함이 가시지 않았다. 그렇다면 차라리 이런 감정 따위 없었던 것으로 해버리고 싶은데 이렇게 옆에 있으니 또 바라보게 된다. 눈이 마주치면 눈물이 날 것 같다. 이토록 포기하고 싶으면서도 마음속으로는 여전히 사신 씨를 좋아한다고 외치고 있다.

대체 이 감정을 어떻게 해야 좋을까, 이제 곧 죽는다고 하는데도 실감이 나지 않은 채 나는 마치 평범한 여자아이 같은 감정과 그리고 평범한 여자아이라면 절대 있을 수 없는 감정에 휘둘리고 있었다.

"다 됐어?"

"아, 응. 다 됐어."

정리한 짐을 다시 원래대로 침대 밑에 넣는다. 이걸로 한시름 놓았다. 나머지는…….

"저기."

"어?"

"밖에 나갈래?"

사신 씨를 향한 마음을 어떻게 해야 할까, 그런 생각을 하고 있던 나에게 사신 씨는 의외의 제안을 했다. 왜냐고 이유를 물을 필요도 없었다. 고민할 새도 없이 나는 "좋아" 하고 대답했으니까.

밖이라고 해도 이전처럼 병원을 빠져나와 외출하는 것이 아니라, 사신 씨가 향한 곳은 그 벚나무가 있는 곳이었다. 벚나무는 무척 많이 자라서 이제는 다른 나무와 비교해도 손색이 없을 정도의 크기가 되어 있었다.

"많이 자랐네."

"그러게."

불과 얼마 전까지만 해도 우리 키와 그리 큰 차이가 없었던 벚나무를 올려다본다. 언제 이렇게 자랐을까. 이 벚꽃도 사신 씨가 없었다면 아마 그 상태 그대로 더 이상 자라지도 않고 시들어버렸을 것이다.

신기했다. 내 생명을 거두어가기 위해 찾아온 사신 씨가 내가 소중히 간직했던 약속의 벚나무를 소생시켜 주었다. 이 사람이 있었기에 지금 이 벚꽃을 올려다볼 수가 있는 것이다.

정신 차려 보니 내 손끝이 사신 씨의 차가운 손끝에 닿아 있었다.

하지만 그 순간 사신 씨가 손을 뺐다. 어쩔 수 없어, 알고 있었다. 그래도 조금은 슬프다.

"……."

나는 그의 반응을 모르는 척하며, 덩그러니 남은 손을 슬며시 오므리고는 꼭 쥐려고 했다. 그때 서늘하고 부드러운 손바닥이 내 손에 닿았다. 가만히 감싸듯, 내 손을 꼭 잡는다. 얼떨결에 옆에 있던 사신 씨를 올려다보자, 그는 어색하게 딴 곳을 바라보고 있었다. 내 손을 잡은 사신 씨의 손을 내가 다시 꽉 잡자, 그는 아무 말도 하지 않고 다시 한 번 벚꽃을 올려다보았다. 반사적으로 나도 벚꽃을 올려다보았다.

언젠가 렌과 함께 보자고 약속했던 벚나무 아래에, 나는 지금 사신 씨와 나란히 서 있다. 이 마음을 어떻게 해야 좋을까, 이제는 렌을 잊어야겠다며 이런저런 생각을 했지만, 그런 건 아무래도 상관없다. 그보다 내 옆에 있는 사신 씨의 손에서 느껴지는 서늘함과 맞잡은 손의 강한 힘, 지금은 그것만이 내 전부였다.

"……있잖아."

내내 말이 없던 내가 입을 뗀 것은 잡은 두 손 사이에 있을 리 없는 온기를 느끼기 시작했을 무렵이었다.

"왜?"

사신 씨는 내 쪽을 보지 않고 대답한다. 그래서 나도 벚나무를 바라보며 대답했다.

"선배 사신 씨의 이름이 아스카였더라."

"……들었구나."

"응."

미소라 씨에 관한 이야기도, 라고 말하려다 말았다.

몰랐다고 하면 아스카 씨에게 면목이 없다. 그리고 알고 있었다 해도 맺어지지 못하고 끝나버린 두 사람의 사랑 이야기를 하는 건 너무 가슴 아팠다. 마치 우리의 앞날을 이야기하는 것만 같아서.

"사신에게도 이름이 있다는 건 처음 알았어."

"그래."

"사신 씨도 이름이 있어?"

내 질문에 그는 "응"이라고만 답하고, 그 뒤로 아무 말도 하지 않았다. 물어보면 안 되는 것이었나? 아스카 씨가 직접 알려준 걸 보면 이름을 말하는 것 자체가 금지된 건 아닌 것 같은데. 아니면 아스카 씨는 영혼을 가져가는 일을 하지 않는다고 했으니 그래서 알려줄 수 있었던 건가? 모르겠다. 모르겠지만…….

"언젠가……."

"어?"

"언제라도 좋으니까 사신 씨 이름도 들려줬으면 해."

"그건……."

말문이 막힌 사신 씨를 모르는 체하고, 나는 일부러 더 밝게 말했다.

"언제까지 사신 씨라고, 생판 모르는 사람처럼 부르는 건 서운하잖아."

"생각해볼게."

그렇게 말하더니 사신 씨는 내 손을 놓았다.

"아……."

"슬슬 병실로 돌아갈까? 바래다줄게."

"……응."

우리는 나란히 병실로 향했다. 닿을 듯 말 듯한 거리를 두고 걷는다. 하지만 그 손이 맞닿는 일은 결코 없었다.

천천히 하지만 확실하게 그날은 다가왔다. 맨 처음 알아챈 변화는 몸이 나른해진 것이었다. 딱히 열이 있는 건 아니다. 그런데도 몸이 무거워서 일어나기가 귀찮았다.

"어? 많이 남겼네."

아침 식사 뒷정리를 하러 온 마키타 씨가 테이블 위에 놓인 쟁반을 보고 그렇게 말했다.

"입맛이 없어서요."

"그래. 안색이 안 좋네. 이따가 선생님 회진 때 봐달라고 해야겠다."

"네……."

어제까지 아무렇지 않게 복도를 걸어 다녔고, 며칠 전에는 병원부지 안이긴 하지만 그래도 자유롭게 병동 밖에 나갔던 내가 너무 축 처져 있으니 마키타 씨는 고개를 갸웃거렸다. 그도 그럴 것이다. 다들 내가 곧 죽는다는 사실을 모르니까.

"열이 나네."

의사 선생님이 회진하러 왔을 무렵에는 나는 이미 침대에서 몸을 일으킬 수조차 없었다. 팔을 들어 체온계를 꽂자 디지털 체온계의 숫자가 삼십구 도를 넘어 있었다.

"어떻게 된 거지? 감기라도 걸린 건가?"

"마히로, 얼마 전에 밖에 나갔었지? 아마도 그래서……."

"뭐, 기운이 있는 건 좋은 거지만. 그래도 혹시 모르니 채혈해서 혈액검사도 해둘게."

손목에 주삿바늘이 꽂히고, 거기서 피를 뽑아간다. 붉은 액체가 가늘고 기다란 용기로 흘러 들어가는 것이 보인다. 그것을 물끄러미 보고 있자니 마키타 씨는 그런 나를 보며 "마히로는 참 특이하다니까" 하고 웃었다.

보통은 주삿바늘을 찌르는 순간, 무서워서 고개를 돌린다고 한다. 그런데 내 생각엔 반대가 아닐까 싶다. 언제 찔릴지 모르니까 무서운 거고, 무엇이 찌르는지 제대로 보지 않기 때문에 무서운 거다. 그렇다면 눈을 피하지 않고 정면으로 확인하는 것이 좋다.

분명 나에게는 죽음도 그와 마찬가지라고 생각한다. 언제 죽을지 모르는 것보다 이렇게 그날을 기다릴 수 있는 것이 낫다. 그렇게 해야 두

렵지 않으니까.

"괜찮아……."

의사 선생님과 마키타 씨가 나간 병실에서 혼잣말을 읊조린다. 괜찮아, 무섭지 않아. 지금까지도 혼자 있는 시간은 많았잖아. 그러니 괜찮아.

"정말이야?"

어디선가 목소리가 들린다. 언제 와 있었지? 고개를 오른쪽으로 돌리자 창가에 서 있는 사신 씨의 모습이 보였다.

"사신, 씨……."

"많이 힘들어 보이네."

그의 차가운 손바닥이 이마에 닿는다. 시원한 감촉이 기분 좋아 나도 모르게 웃음이 난다.

"왜 그래?"

"아무것도 아니야."

어색하게 입꼬리를 끌어 올리고 최선을 다해 웃으며 대답하자, 살짝 고개를 갸우뚱하는 모습이 보였다.

"저……."

"마히로!"

뭔가를 말하려는 사신 씨의 말을 가로막기라도 하듯 병실 문이 열렸다. 헐레벌떡 소리를 내며 들어온 사람은 방금 병실에서 나간 마키타 씨였다.

"염증 수치가 좀 높아졌어. 그러니까 수액에 약을 좀 늘려둘게."

마키타 씨는 가져온 주사기를 이용해 익숙한 손놀림으로 수액 튜브에 약을 넣었다.

"힘들면 언제든지 간호사 호출 벨을 눌러. 좀 이따 상태 보러 올 테니까 푹 쉬고 있어야 해."

어지간히 수치가 나빴던 걸까, 걱정스러운 듯 확인하는 마키타 씨에게 걱정을 끼치지 않으려고 "알았어요" 하고 입꼬리를 올려 대답했다. 제대로 웃은 것처럼 보였으려나. 하지만 마키타 씨는 그런 내 표정에도 어딘가 슬퍼 보이는 미소를 짓더니 병실을 나갔다.

"있잖아, 사신 씨."

"왜?"

몇 번이고 반복해온 이 부름도 슬슬 끝을 맞이하는 것일지도 모른다.

"이제 얼마 안 남았지?"

남은 날짜나 몸의 권태감을 생각해도, 그리고 마키타 씨의 반응을 보더라도 내 삶의 끝이 가까워지고 있다는 것을 알 수 있다. 이제 곧 나는…….

하지만 사신 씨는 아무 말도 하지 않았다. 안다, 말하면 안 된다는 걸. 그래도…….

"있잖아, 사신 씨."

"왜?"

"그 순간이 오면…… 제대로 임무 수행해줘."

"……."

"약속."

내가 새끼손가락을 내밀자, 그는 약간 주저하듯 자신의 새끼손가락을 살포시 걸면서 "응" 하고 작은 목소리로 끄덕였다. 목 뒤에 대려던 손을 황급히 주머니에 찔러 넣으면서.

그런 사신 씨의 모습에 무심코 웃었다. 나는 괜찮으니까 당신 손으로 끝내줘. 분명, 내가 죽는다는 사실은 변함이 없을 것이다. 그렇다면, 마지막 순간 정도는 좋아하는 사람의 품에 있어도 되지 않을까.

그래도…….

"사신 씨."

"어?"

"미안해."

내 영혼을 거두면서 당신이 상처 입는 건 싫은데……. 사신 씨가 상처 입었을 때 내가 그 옆에서 차가운 손을 잡아줄 수 없다는 것이 너무 슬프다. 왜 미안하다고 하는지 의미를 모르겠다는 듯 고개를 갸웃거리는 그를 향해 나는 그저 미소 지을 수밖에 없었다.

그리고 다음 날, 마침내 그날이 찾아왔다.

눈을 떴더니 눈에 보이는 풍경이 평상시와 달랐다. 아니다, 평소와 같은 침대에 누워 있었고 내 병실인 건 같았다. 그런데 눈이 흐릿해 주변이 잘 보이지 않는다.

어느 틈엔가 열려 있던 창문으로 바람이 불어오는 것을 느꼈다. 커튼이 휘날리고, 어렴풋이 밖이 보인다. 바람에 나부껴 떨어지는 무수한 벚꽃잎들은 아직 피지 않은 저 벚나무가 마치 꽃을 피우고 있는 것처럼 보이게 만들었다.

아직은 목소리가 나오지만, 언제까지 나올지는 모르겠다. 그런 생각을 하니 왠지 무서워서 그 자리에 있을 사신 씨를 불렀다.

"거기 있는 거지?"

내 잠긴 목소리에 응답하듯, 그는 사신 씨는 들어 올릴 기력도 없이 축 늘어진 내 손을 잡았다. 사신 씨가 손을 잡아주고서야 비로소 나는 내 손이 떨리고 있다는 걸 알았다.

"아, 하하……."

필사적으로 웃어넘기려 애썼다. 하지만 자연스럽게 웃을 수가 없어 경련이 일어난 것처럼 입꼬리가 올라갈 뿐이었다.

사신 씨는 지금 어떤 표정을 짓고 있을까. 무표정일까? 조금은 슬퍼했으면 좋겠는데. 하지만 사신에게 죽음이란 인간으로서의 삶이 끝난 자의 영혼을 거두기 위해 필요한 거니까 딱히 슬픈 일도 아니겠지. 그렇다면 그는 지금 죽어가는 나를 보며 무슨 생각을 하고 있을까. 분명 진지하게 생각하고 있는데, 몽롱한 머리로는 잘 정리가 되지 않는다.

"있잖아……. 사신, 씨."

머릿속이 뱅글뱅글 돌아서 아무것도 생각할 수가 없다. 그렇다면 차라리 생각하지 말고 말로 하기로 했다.

"왜?"

"혼자, 있게 하지 말아줘……."

"어……?"

"혼자 있는 건, 무섭단 말이야."

이렇게 나약한 소리를 할 생각이 아니었다. 그런데 입에서 튀어나오는 말은 온통 불안과 두려움투성이였다.

"괜찮아. 내가 있을 거야."

"정말? 마지막까지 있어 줄 거야?"

"정말이지. 마지막까지 내가 마히로 옆에 있을게."

아아, 그렇다면 안심이다.

"고, 마워. ……이게 마지막 소원이야."

나는 미소 지었고, 그런 내 손을 꼭 잡는 사신 씨의 손에 힘이 들어가는 것을 느꼈다.

"사신 씨……?"

"정말 이대로 괜찮겠어?"

뜬금없이 사신 씨가 말했다.

"정말로 너는……."

"왜, 그래……? 오늘 사신 씨, 어딘가 이상한데……?"

"……."

그는 내 손을 놓더니 침대 머리맡에 두었던 스마트폰을 집었다. 대체 뭘 하려고?

"너, 왜 이 메시지 확인 안 했어?"

"……그건……."

"이거, 어제 온 거잖아. 그 전날 것도 있고. 왜 안 열어 봤어?"

"……."

사신 씨는 내 스마트폰에 표시된 알림 화면을 보고 그렇게 말했다.

알림음을 소거하고 읽지 않은 척했던 메시지. 실은 메시지가 몇 통이나 와 있었다. 엄마의 걱정이 담긴 말들이, 함께 살게 될 날을 기대하고 있다는 메시지가, 그리고 태어날 동생이 배속에서 건강하게 자라고 있다는 소식이.

하지만 그런 걸 본다고 해서 뭐가 달라지는데? 난 잘 지내요, 나도 빨리 같이 지내고 싶어요, 동생 태어나기를 기다리고 있어요, 라고 답장하면 되는 건가? 부모님이 귀국할 때나 동생이 태어날 때도 나는 이미 이 세상에 없을 텐데……! 그런데 그런 걸 보면…… 봐버리면…….

"미련이 생길까 봐?"

"……."

"그래서 확인하지 않는 거야?"

사신 씨의 말에, 나도 모르게 절규하듯 대답했다.

"……그래! 그런 걸 보면 엄마가 보고 싶어질 테니까! 태어난 동생을 안고 내가 언니라고 말하고 싶어질 거니까!! 나도 가족과 함께 살고 싶다고! 죽기 싫다고 말하고 싶어진단 말이야!!"

"말해!!"

"뭐……?"

"그럼 그렇게 말하면 되잖아……."

사신 씨는 내 목소리가 덮일 만큼 크게 소리친 뒤, 힘겹게 중얼거렸다. 그런데 그런 그의 말이 잘 이해되지 않는다. 내 영혼을 가져가기 위해 왔으면서, 그런데 나한테 죽기 싫다고 말하라니. 그게 무슨 소리지?

"아, 그건가? 죽기 싫어하는 사람의 영혼을 가져가는 게 더 흥미로우니까?"

"아니야."

뭐가 웃긴지도 모른 채 깔깔대며 말하는 나에게 사신 씨는 차분히 대답한다. 그래도 한번 열린 입은 다물어지지 않았다.

"죽음을 두려워하는 사람한테서 가져가야 짜릿하니까 그러는 거야? 사신 씨, 그런 취미가……."

"아니라고 했지!"

"큰 소리 내지 마!"

정작 큰 소리를 내고 있는 사람, 큰 소리가 나게 하는 사람은 나이면서, 앞뒤가 안 맞는 소리를 한다. 아, 정말이지. 대체 왜 이러는 걸까. 나더러 어떻게 하라는 건데. 이제 와 죽고 싶지 않다고 말하면 뭐가 달라지는데. 나는, 내 생명은 오늘…….

"처음 만났을 때 네가 나한테 말했지. 빨리 저세상으로 가고 싶다고. 지금도 그렇게 생각해?"

"……그건……."

"죽어도 상관없다고, 정말 그렇게 생각해?"

사신 씨의 말에 아무 말도 할 수가 없었다. 왜냐면 그건…….

"실은 그렇지 않지? 사실은……."

"하지만 그렇게 말한다고 해서 무슨 소용이 있는데……!"

"말해봐. 네 입으로 진심을 듣고 싶어."

"……."

진심. 나의 솔직한 마음…….

사신 씨를 처음 만났을 때는 언제 죽어도 상관없다고 생각했었다. 그건 진짜였다. 그런데 무슨 이유였을까. 사신 씨와 시간을 보내면서 많은 사실을 알았다. 나를 무거운 짐처럼 여기지 않을까 했던 부모님이 나를 진심으로 사랑하고 있다는 것을. 병실 밖에 다양한 즐거움이 있다는 것을. 군것질하면서 먹는 간식의 맛을. 관람차에서 바라보는 석양의 아름다움을. 그리고 좋아하는 사람과 보내는 반짝이는 날들을.

말해도 될까? 지금의 내 진짜 속마음을. 죽고 싶지 않다고, 죽는 게 무섭다고. 살고 싶다고. 내 눈앞에 있는, 내 영혼을 가지러 온 사신에게 그렇게 말해도 될까?

“내가 말했잖아. 난 너의 사신이라고. 너의 마지막 소원을 들어주기 위해 여기 있는 거라고. 그러니 너의 진짜 소원을 알고 싶어.”

“나…….”

목이 메어서 말이 잘 나오지 않는다. 그래도……. 나는 깊이 숨을 들이마시고, 천천히 입을 열었다.

“실은 죽는 게, 무서워…….”

“응…….”

“그리고 더 많은 곳에 가보고 싶어. 아빠랑 엄마랑, 그리고 태어날 동생과 함께 살고 싶어. ……나, 죽고 싶지, 않아…….”

터져 나오기 시작한 본심은 멈추지 않았다.

“벚꽃도, ……사실은 피는 모습을 보고 싶었어. 그 벚꽃이 만개해서, 흐드러진 모습을 보고 싶었어. 사신 씨, 당신이랑 같이……!”

정신을 차리고 보니 내 뺨은 하염없이 흘러내린 눈물로 흠뻑 젖어 있었다. 흐르는 눈물을 닦으려고 손을 올리려는데, 그보다 한발 빠르게 사신 씨의 손이 젖은 내 뺨을 닦아주었다. 고맙다는 말을 하려던 나는 그 손이 살짝 떨리고 있다는 것을 알았다.

"사신 씨……?"

내가 부르자 그는 떼쓰는 아이처럼 몇 번이나 고개를 좌우로 흔들었다. 왜냐고 물으려는 찰나, 그의 뺨을 타고 흐르는 눈물이 보였다.

"사신……."

"미안."

"어……?"

"미안해, 마히로."

사신 씨가 처음으로 내 이름을 불러주었다. 그 목소리가 다정하고 따뜻하고 정겨워서. 어째서인지 가슴 속이 울컥해졌다.

갑작스럽게 '마히로'라고 이름이 불리는 바람에 나는 어떻게 해야 좋을지 모르는 채로 사신 씨를 계속 바라보았다. 지금까지 한 번도 이름을 부른 적이 없었던 사신 씨가 다정한 목소리로, 그리운 음색으로 내 이름을 불렀다.

사신 씨의 뺨을 타고 흐르는 눈물방울이 뚝뚝 떨어진다. 내 위치에서는 보이지 않지만, 분명 병실 바닥에 작은 물웅덩이를 만들고 있을 것이다.

"사……."

"이걸로 마침내 약속을 지킬 수 있게 됐어."

나와 동시에 말하듯 사신 씨가 입을 열었다.

"약속……?"

대체 무슨 말을 하는 거지?

"사신 씨……?"

그를 향해 손을 뻗었다. 하지만 제대로 올라가지 않는 팔은 허공을 허우적거리다 떨어진다. 그런데 그 찰나에, 손끝이 무언가에 닿았다. "앗……" 하고 생각했을 때는 이미 늦었다. 내 손끝이 사신 씨의 후드 끝자락에 걸리듯 닿았고, 그걸 알아챘을 때는 이미 후드가 흘러내린 뒤였다.

"……."

시야가 흐릿해 잘 보이지는 않지만, 그럼에도 분명히 한눈에 알 수 있었다. 줄곧 잊지 못한 얼굴이었기 때문이다. 시선 끝자락에 내가 잘 아는 소년이 보였다. 미치도록 보고 싶었던 그 애의 모습이.

"어떻게……."

"……."

"왜 여기 렌이…… 있어……?"

"말 못 해서 미안해."

닮은 사람이라고 부정해주길 바랐다. 하지만 사신 씨는, 렌은 다시 한번 "미안해" 하며 그 시절과 똑같이 다정한 눈빛으로 나를 바라보았다.

"왜……."

"……."

"렌은…… 미국에 살고 있었잖아……?"

분명 마키타 씨도 그렇게 말했는데. 미국에서 정기 검진을 받았다고. 병도 재발하지 않았고 건강하게 지내는 것 같다고. 게다가, 그…….

"사신 씨가 보여줬잖아? 렌이 건강하게 달리는 모습……. 그건……."

"그건 내가 만든 가짜 영상이야. 마키타 씨의 이야기도……. 내 죽음을 마히로가 알지 못하게 하려고 만든 거짓말이야."

"어째서……? 렌은 분명 건강해져서 퇴원했는데……."

다들 그렇게 말했었잖아. 렌의 퇴원이 결정됐다고. 집으로 돌아갈 수 있다고.

나만 두고 가는 것 같아 슬펐다. 그래도 퇴원하는 것은 렌이 건강해졌다는 증거니까 다행이라고, 병원에서 렌을 볼 수 없게 되는 건 쓸쓸하지만 정말로 잘된 일이라고 그렇게 생각했는데……. 그러나 렌은 내 말에 고개를 저으며 슬퍼 보이는 얼굴로 미소 지었다.

"더 이상 손 쓸 방도가 없을 정도로, 그 당시 내 몸은 안 좋았어."

"아……."

"그러니까……."

"그럼, 그건…… 설마!"

렌의 그 한 마디로 모든 것을 이해하고 말았다. 그 퇴원이 결코 희망적인 것이 아니었다는 사실을. 그것은 아마도 렌이 마지막을 보낼 곳으로서, 병원이 아닌 가장 편안히 있을 수 있는 곳에서 보낼 수 있도록 많은 이들이 고려한 결과였다는 것을.

그래서 렌은 그때 "다시 만나러 올게"라고 말하면서 목 뒤를 만진 것이다. 두 번 다시 만날 수 없다는 걸 알고 있었기 때문에…….

"퇴원하고 한 번도 만나러 오지 못해서 미안해."

"……."

"약속한 해에도 못 와서 미안해."

"그거야……."

"많이 늦었지만, 결국엔 만나러 왔어."

아아, 렌이다. 정말로 렌이야. 내 영혼을 가지러 온 사신 씨가 렌이었다니, 그런 우연이 있을까? 아니, 있으니까 지금 이렇게 그가 내 눈앞에 있는 것이다. 그러니까 지금 이렇게 이야기를 할 수 있는 것이다…….

"……렌이 나의 사신이었구나."

"응. 내내 숨기고 있어서 미안해. 거짓말 많이 해서 미안해."

"그래, 그랬었구나……."

이런 상황에서도 무심코 웃어버린 나를 보며 렌은 신기하다는 듯한 표정을 짓는다. 하지만 말 안 할 거다. 렌인 줄도 모르고, 사신 씨를 좋아했다는 사실을. 어쩐지 억울했다. 얼굴이 안 보여도, 렌이라는 사실을 몰라도, 또다시 렌을 좋아하게 되다니.

"왜 그래?"

"아니야, 아무것도. 그보다 약속이라니……?"

"아아, 응. 그 전에."

그렇게 말하고 렌이 꺼낸 것은 모퉁이가 일그러진 별이 그려진 수첩이었다.

"그건……."

"맞아, 마히로의 이름이 적힌 내 수첩이야. 여기 이름이 있는 한, 죽음은 피할 수 없어. 아무리 치료를 받더라도, 절대."

"……."

그건 나도 알고 있다. 그것을 가르쳐준 사람이 다름 아닌 렌, 너였으니까.

"그게 왜……."

그렇게 꺼낸 내 말을 막기라도 하듯 렌이 말했다.

"약속했잖아."

"그러니까 뭘……."

"만약 마히로가 죽을 것 같은 순간이 오더라도 내가 널 죽지 않게 하겠다고, 신에게 기도해주겠다고. 마히로를 데려가지 못하게 하겠다고."

"렌……?"

분명히 그 벚나무 아래에서 렌은 그렇게 말했었다. 하지만 그래서 어쩌겠다는 거지. 상황을 이해하지 못하는 나를 아랑곳하지 않고 렌은 계속해서 말했다.

"내가 무엇을 위해 사신이 되었다고 생각해? 내가 무엇 때문에 너를 만나러 왔을까?"

"뭘 위해서라니……."

"마히로, 너를 죽게 놔두지 않기 위해서야."

"어……?"

무슨 뜻이지? 렌이 사신이 된 것과 나를 죽지 않게 하는 것에 무슨 관계가……. 내가 무슨 말인지 잘 모르겠다는 표정을 짓자, 렌은 난처한 듯 미소 짓더니 입을 열었다.

"죽음이 바로 코앞까지 왔을 때 나에게도 사신이 왔었어. 그 사신은 별로 일을 열심히 하지 않았는지, 죽기 직전에 찾아와서는 '너는 오늘 죽을 거야. 그 대신 내가 무엇이든 소원을 세 가지 들어줄게'라며 어쩐지 수상쩍은 말을 잔뜩 하더라고……."

그 말투에서 어딘가 그리움이 느껴져 렌이 그 사신을 소중히 생각하고 있음을 알 수 있었다. 혹시 그 사신이라는 사람은…….

"……."

물어볼까 싶었지만, 왠지 머뭇거리다 말았다. 마침 말문이 막힌 것처럼 입을 다물었던 렌도 다시 이야기를 시작했으니.

"내 소원 같은 건 없었어. 병원을 나왔을 때부터 이미 내 생이 길지 않다는 걸 알고 있었으니까. 하지만 마히로. 네가 걱정됐어. 악바리에, 울보에, 내 뒤만 졸졸 따라다니던 귀여운 마히로. 언젠가 그 벚꽃이 피었을 때 네 옆에 있을 수 없다는 것이 아쉬웠어. 그래서 나는 사신에게 말했어. '저도 사신이 되고 싶어요. 마히로가 죽을 때는 내가 그 아이의 사신이 될게요. 그리고…… 마히로의 소원을 들어주고 싶어요'라고. 언젠가 다시 한 번 너를 만나러 가기 위해서. 그리고 그때 너를 구할 수 있도록."

시야가 온통 눈물로 번져 렌의 얼굴이 잘 보이지 않는다. 필사적으로 손을 뻗자 렌은 내 손을 부드럽게 잡았다. 차가운 그 손이, 렌이 살아 있는 사람이 아니라는 사실을 새삼 일깨운다. 눈앞에서 이렇게 이야기를 하고 있는데도 살아 있는 게 아니라니…….
"있지, 마히로."
"……."
"내 마지막 소원은 너의 소원을 들어주는 거야. 그러기 위해서 난 사신이 됐어. 내가 가진 모든 힘을 이용해 네 소원을 들어줄 거야. 그러니 그걸 위해서라도 마히로가 진심으로 살고 싶다는 소원을 갖길 바랐어. 이 세상에서 앞으로도 쭉 살고 싶다는 소망을."
렌은 꼭 잡은 손에 힘을 주고 그렇게 말했다. 나는 차가운 렌의 손아귀 힘을 느끼면서도 그 말에는 위화감을 느꼈다.
"하지만……."
"응?"
하지만 아스카 씨는 말했다. 어떻게 해도 죽음을 피할 수는 없었다고. 구할 수 없었다고. 그런데 대체 어떻게 해서……. 내가 의문을 말하자 렌은 내 머리를 부드럽게 쓰다듬었다. 그 시절처럼.
"말했지. 내 마지막 소원은 네 소원을 들어주는 거라고. 나는 그 소원을 이루지 못한 채 죽었기 때문에 그때의 소원을 이룰 권리가 있어."
"……그게 뭐야?"
렌은 주머니에서 무언가를 꺼냈다. 잘 보이지 않는 나를 위해 렌은 그것을 내게 가까이 가져와 보여주었다. 작은 병 같은 그것에는 무언가의 가루가 들어있었다.
"선배한테 받았어."
"아스카 씨한테……?"

"응. 내 마지막 소원을 이루기 위해 필요한 거래. 그리고 마히로. 네 마지막 소원을 위해서도."

"내 마지막…… 소원."

"마히로, 소원을 말해. 네 소원을 들려줘."

하지만 나는 아무것도 한 게 없는데 그저 소원을 비는 것만으로 렌과 아스카 씨의 도움을 받아 앞으로도 태평하게 살아가다니, 그런 건 용납될 수 없다. 이미 렌도 아스카 씨도 이 세상에 없는데, 그런데 나만……!

"하지만!"

"마히로. 이건 말이지, 나를 위해서야."

"렌을 위해서……?"

그렇게 되묻는 내게 렌은 웃고 있었다. 행복하다는 듯, 기쁘다는 듯. 마치 이걸로 모든 게 끝이라고 말하기라도 하는 것처럼.

"그래, 나는 마히로가 살아주기를 바라. 살아가다 보면 힘든 일도 슬픈 일도 있을지 몰라. 그래도 나는 네가 살아줬으면 좋겠어."

"어째서……."

어째서 그렇게까지 나를…….

"난 있지, 네가 웃으면서 내 이름을 불러주는 게 정말 좋았어. 너한테 멋진 모습을 보이고 싶어서 힘든 치료도 아무렇지 않은 척 받았고, 무서워서 잠이 오지 않는 밤에도 용감한 척하려고 마히로에게 괜찮다고 말하면 정말로 괜찮은 것 같은 기분이 들었지. 아파서 울고 싶어질 때도 널 생각하는 것만으로도 힘을 낼 수 있었어. 나한테 마히로는 정말

소중하고 좋아하는 여자친구라서, 네 앞에서라면 나는 히어로가 된 것 같았어."

"렌……."

그런 식으로 생각했는지 몰랐다. 내 기억 속의 렌은 언제나 웃고 있었고 내가 울면 손을 꼭 잡아주면서 말했다. "마히로, 괜찮아." 그 손이 실은 떨고 있었다니, 그 시절의 나는 알지 못했다.

"렌……."

한 번 더 이름을 부른 나를 향해 렌은 미소를 지었다. 그러고는 금세 진지한 얼굴로 말했다.

"자, 이제 시간이 없어. 마히로, 어서 소원을 말해. 네가 정말로 바라는 것을!"

내 소원. 아마도 이제 렌과 함께 살아가고 싶다는 소원은 이룰 수 없겠지. 그렇다면 나는 렌이 바랐던 그 소원을, 내가 살아주기를 바란다는 렌의 소원을 이뤄야 한다. 렌의 몫까지, 렌이 살지 못한 미래를 살아가야 한다.

"살고, 싶어."

"응."

"나는, 죽고 싶지 않아. 살아서, 렌이랑 함께 보기로 했던 그 벚꽃이 피는 모습을 내 눈으로 직접 보고 싶어! 학교에도 가고 싶어! 엄마 아빠랑 같이 살고 싶어! 그리고…… 앞으로 태어날 동생을 내 손으로 안아보고 싶어! 그러니까……!"

"응. 그 소원, 내가 들어줄게."

렌은 다정하게 미소 짓더니, 작은 병의 뚜껑을 열고 안에 든 가루를 수첩 속 내 이름이 적힌 페이지에 뿌렸다. 수첩에 적힌 글자가, 마치 마법처럼 순식간에 사라져가는 게 보였다. 그리고 점점 시야가 선명해지는 것을 알 수 있었다. 방금까지 안개가 낀 것처럼 흐릿한 상태가 아니라 방안의 모습이 또렷하게 보였다. 그리고 그곳에 서 있는 렌의 모습도.

"렌……."

"응, 나야."

"그때랑 똑같네."

"그런가? 마히로는 더 예뻐졌어. 그때보다 훨씬."

렌은 그 시절보다 조금은 어른스러워진 얼굴로 나를 보며 웃는다.

"아……."

"어때? 조금 편안해졌어?"

"응……. 그런데……."

"그런데?"

"이렇게 해도 정말 괜찮은 거야?"

"그럼, 아무 문제 없어. 우리는 그저 마지막 소원을 이룬 것뿐이니까."

그렇게 말하고 어깨를 으쓱거리는 렌의 손이 목에 닿는 것이 보였다. 그것은 그 시절과 똑같은, 살아 있을 때와 변함없는 그의 버릇이다. 아무렇지 않은 척하며 일부러 더 다정하고 침착하게 얘기하는 것도 똑같다.

"혹시라도, 만약 내가 곤란해질 상황이 된다 하더라도, 그래도 나는 네가 살아주길 바라."

"렌……."

"퇴원하고 집으로 돌아가서도 줄곧 네가 마음에 걸렸어. 울고 있지는 않은지 씩씩하게 지내고 있는지. 어차피 다가올 죽음을 기다리는 건 무섭지 않았어. 다만, 널 만날 수 없다는 것이 괴로웠어. 너한테 내 죽음을 알리고 싶지 않아서 가족들과 병원 측에는 내가 죽더라도 절대 마히로한테 말하지 말아 달라고 부탁했어. 내 죽음으로 네가 살아갈 미래에 대한 희망을 빼앗고 싶지 않았으니까."

"그런……."

그래서 줄곧 후드를 쓰고 있었던 거야? 렌이 죽었다는 걸 나한테 모르게 하려고. 그런 가짜 동영상까지 보여주고.

"하지만 이제 괜찮아. 내가 없어도 너는 살아갈 수 있어. ……그렇지?"

"렌……."

겨우 렌의 얼굴을 또렷하게 볼 수 있게 됐는데 또다시 다시 눈물이 번져 흐릿해져 간다.

렌은 그런 내 눈물을 부드럽게 닦아주고 "미안해"라고 속삭였다.

"있지, 마히로."

"……왜……."

"너는 앞으로 어른이 되어서 누군가를 좋아하게 될 거고, 또 사랑받고 행복해질 거야."

"……."

"내 몫까지 행복해질 거고, 그래서 마히로가 할머니가 되어서 많은 사람의 사랑과 아쉬움 속에서 생을 다할 때, 그때 내가 다시 너를 데리러 올 거야."

렌은 웃고 있었다. 따뜻하고, 행복해 보이는 웃음이었다. 하지만 나는 웃을 수 없었다. 렌이 애써 눈물을 닦아줬는데, 하염없이 흐르는 눈물은 그치질 않는다. 그런 나의 눈물을 다시 한 번 닦더니 렌은 내 뺨에 입을 맞췄다.

"……."

"마히로. 웃어봐."

"렌……."

"난 마히로의 우는 얼굴보다 웃는 얼굴이 좋아."

"흐……윽……."

눈물로 얼룩진 얼굴을 소매 끝으로 열심히 닦고, 나도 억지로 미소를 지었다.

그런 나를 보며 만족스러운 듯 고개를 끄덕이더니 렌은 새끼손가락을 내밀었다. 살며시 손가락을 걸자, 렌이 미소 짓는다.

"약속한 거야."

"약속할게."

"진짜로 행복해야 해."

"응……. 행복해질게. ……꼭."

"응. ……안 그러면 데리러 안 올 거야."

필사적으로 눈물을 참고 있는 나에게 렌이 장난꾸러기 아이처럼 웃는다. 그 모습을 따라 나도 덩달아 웃자, 렌은 "마히로!" 하고 내 이름을 불렀다.
"다시 만날 날까지, 안녕."
"렌……."
렌의 얼굴이 가까이 다가오는 게 보여 눈을 감았다. 감은 눈꺼풀 너머로 렌의 존재를 느낀다. 그리고 내 입술에 부드러운 무언가가 닿았다.
"……."
그 순간, 병실 안으로 바람이 불어왔다.
"렌……?"
눈을 뜨자 아무도 없었다.
"렌……!!"
분명히 그곳에 있었던 렌은 흔적도 없이, 마치 처음부터 아무도 없었던 것처럼 사라지고 없었다. 아무리 이름을 불러봐도 그 누구의 목소리도 들리지 않는다.
"렌……."
눈물이 흐를 것 같다. 하지만 나는 더 이상 울지 않을 것이다. 그가 준 이 생명으로, 그의 몫까지 행복해지겠다고 그렇게 약속했으니까. 그러니까……. 하지만…… 지금 이 순간만은……. 지금만큼은…….
"흑……."
눈물이 뺨을 타고 흐른다. 방울방울 떨어진 눈물이 시트에 얼룩을 만들어가는 것이 보였다.
얼마나 그러고 있었을까. 자꾸만 흐르는 눈물 때문에 흐릿해진 시야 너머로 무언가가 보였다.

“어……?”

그것은, 렌이 있던 자리에 살포시 떨어진 벚꽃잎이었다.

나는 침대에서 내려와 벚꽃잎을 주워 손바닥에 올리고 살며시 감싼 뒤, 창가에 서서 하늘을 올려다보았다. 거기에는 구름 한 점 없는 파란 하늘과 바람에 나부껴 떨어지는 벚꽃잎이 있었다. 마치 렌이 다정한 눈빛으로 여기서 내가 지켜봐 주고 있어, 라고 말하는 것 같았다.

나는 눈가에 고인 눈물을 닦고, 하늘을 향해 어색하게 미소를 지어 보였다. 렌이 좋아한다고 말했던 그 미소.

그런 내게 응답하기라도 하듯, 벚나무가 바람에 흔들려 꽃잎을 날렸다. 마치 보이지 않는 사신 씨가 그곳에서 지켜봐 주고 있기라도 한 것처럼.

새파란 하늘 아래에 핀 벚나무 위에서, 렌은 병실 밖을 보는 마히로의 모습을 바라보고 있었다. 주머니에서 꺼낸 수첩에는 마히로의 이름이 없었다. 그러니 마히로는 다시 건강해질 것이다. 그렇게 생각하자 가슴속이 뜨거워짐을 느꼈다. 마침내 소원이 이루어졌고 이제 이걸로 미련은 없다. 렌은 자신의 손바닥을 바라보더니 주먹을 꽉 쥐었다.

“기분 좋아 보이네.”

“선배님.”

“그거, 잘 사용한 것 같던데.”

어느새 렌의 옆에 서 있던 아스카가 빙그레 웃었다. 방금 렌이 수첩에 뿌린 가루를 말하는 것이리라. 렌은 아스카에게 고개를 숙였다.

"감사합니다."

"응?"

"그렇게 소중한 걸, 저를 위해서……."

렌의 말에 아스카는 렌의 머리를 쓰다듬더니 웃었다.

"네 소원을 들어주겠다고 약속했으니까."

아스카의 말에 렌은 그럼에도 미안한 마음이 가득했다. 그 가루는 아스카가 사신을 그만두겠다고 결심했을 때 받은 것이었기에……. 오랫동안 사신으로서 일을 계속해온 것에 대한 공로상 비슷한 것이라고, 아스카에게는 그렇게 들었다. 그런 물건을 선뜻 내민 것이다. 렌과 마히로를 위해서.

"신경 쓰지 말라니까. 그래도 뭔가 아이러니하긴 해. 그때 미소라를 구하고 싶어서 미칠 듯이 원했던 물건을, 이렇게 그 녀석을 잊지 못해서 사신을 계속 한 끝에 받게 됐다는 것이."

"선배님……."

"그러니까 그런 얼굴 하지 마. 이걸로 사신으로서 나의 임무도 정말 끝인 거니까, 웃으면서 보내줘."

"네……."

사실은 그날, 사신을 그만두겠다고 결심하고 바로 사라졌던 아스카가 오늘 이렇게 여기에 있는 건 자신을 위해서라는 것을 렌은 알고 있었다. 마히로의 이름이 무사히 사라지는지, 그것까지 확인해야 마침내 역할을 끝낼 수 있다고 그렇게 웃으며 말했었으니까.
"넌 앞으로……."
"네?"
"……아니, 아무것도 아니야."
아스카는 서서히 투명해지기 시작한 렌의 손바닥을 보며 고개를 저었다. 그런 아스카에게 렌은 작게 미소 지었다.
"선배님 말고 다른 사신이 사용할 경우, 그 대가를 치러야 할지도 모른다는 건 사전에 선배님한테 들어서 알고 있었으니까요. 각오는 했습니다."
"그렇군."
아스카가 하늘을 올려다보자, 바람에 흩날리는 벚꽃잎이 푸른 하늘을 분홍빛으로 물들여가는 것이 보였다.
"제가 사신이 된 것은 마히로를 돕기 위해서였으니까요. 이제 이 일에 미련은 없어요."
"그래. 너처럼 심성이 곱고 착한 녀석에게 사신이라는 일은 어울리지 않으니까."
"……."
아스카의 말에 렌은 지금까지 자신의 손으로 영혼을 거둔 수많은 사람이 뇌리에 스쳤다. 어린아이도 있었고, 아내를 남겨둔 채 떠나고 싶지 않아 기를 쓰고 부탁하던 노인도 있었다. 죽어도 좋다고 말한 사람보다 죽고 싶지 않다고 간절히 바란 사람들의 수가 훨씬 많았다. 그 사람들의 생명을 거둬간 것은, 틀림없이 렌의 이 손이다. 이제는 서서히 사라지기 시작한…….

"착하긴요……."

"영혼을 거둘 때마다 상처받았던 건 바로 착해서였다고."

다시 한 번 미소 짓더니, 아스카는 기지개를 켠 다음 렌에게 말했다.

"그럼, 갈까?"

"……네."

렌은 창가에 선 마히로에게 시선을 보낸다. 이제 그녀의 눈에 렌의 모습은 보이지 않을 것이다. 그래도 전하고 싶었다.

"마히로, 꼭 행복해야 해."

그렇게 나직이 말하고 렌은 자취를 감췄다. 흩날리는 벚꽃에 섞여 감쪽같이.

8.
벚꽃색으로 물든 하늘 저편에서

그날 이후, 병실을 찾아온 의사와 간호사들이 내 모습을 보고 놀란 듯 환호했다. 기적이라고 하는 의사도 있었다. 눈물을 흘리며 기뻐하는 간호사도 있었다. 그리고 무엇보다도…….

"마히로!"

"어, 엄마?!"

의료진들을 헤치고 병실로 들어온 사람은, 해외에 있어야 할 엄마였다. 그 뒤에는 짐을 잔뜩 든 아빠의 모습도 있었다. 엄마는 내 몸을 끌어안더니 소리 높여 울었다.

"어, 어떻게 여기……."

"어제 마키타 씨가 연락해줬어! 마히로의 상태가 많이 좋아졌다고!"

"그, 그게 아니라 엄마 배! 비행기 타도 괜찮은 거예요?"

어리둥절해 묻는 나에게 엄마는 눈물로 가득한 눈을 살며시 흘기며

"별걱정을 다 하네" 하더니 나를 끌어안은 팔에 힘을 꾹 주었다.
"의사 선생님한테 허락받고 왔어."
"그렇다면 다행이고. 아기한테 무슨 일이라도 있으면 나……."
"정말 못 말린다니까. 엄마한테는 아기도 너도 똑같이 소중해."
"그, 그래도……."
"어느 한쪽만 있어도 되는 게 아니야. 둘 다 있어야 한다고!"
엄마가 그렇게 생각하고 있을 줄은…….
"마히로."
엄마 품에 안겨 있는데 내 이름을 부르는 목소리가 들려 고개를 들었다.
"아빠."
"몸은 정말 괜찮은 거니?"
"응. 조금 전까지는 아팠는데 이제 괜찮아졌어요."
내 말에 아빠는 안심한 듯 눈가의 눈물을 닦더니 미소를 지었다.
"그래……. 다행이다."
"걱정 끼쳐서 미안해요."
"그런 사과는 안 해도 돼. 딸을 걱정하는 건 아빠랑 엄마의 특권이니까. 엄마도 그랬잖아. 엄마 아빠한테는 마히로도, 그리고 배 속에 있는 아기도 모두 소중하다고."
아빠는 투박하고 큼직한 손으로 내 머리를 쓰다듬었다. 따뜻하고 부드러운 손. 렌의 손과는 다른, 온기를 머금은 살아 있는 인간의 손.
"……."
"마히로?"

"왜 그래? 어디 아픈 거야?"

"아…… 아니, 그런 거 아니에요……."

문득 떠올랐다. 이제는 만날 수 없는 그 사람이. 다정하게 나를 지켜주었던, 소중한 그 사람이.

"엄마 아빠, 사랑해요."

"마히로……."

"걱정해줘서 고마워요. 나 이제 괜찮아요."

눈물을 닦고 미소를 짓자, 두 사람은 안심했다는 듯 긴 숨을 내쉬었다.

지나간 그날들에 일어났던 일은 아마 그 누구에게 말해도 믿지 못할 것이다. 꿈을 꾸었다는 사람도 있을 것이고, 약의 영향으로 환각을 본 게 아니냐는 사람도 있을지도 모른다. 그렇지만 나는 렌과, 나의 다정한 사신 씨와 보낸 삼십 일을 잊지 않을 것이다. 언젠가 다시 한 번. 네가 데리러 와줄 그날까지.

계절은 돌고 돈다. 봄이 가고 여름이 지나고, 나뭇잎이 울긋불긋 물들기 시작할 무렵, 나는 오랜 시간을 보낸 병원에서 퇴원하게 되었다.

그렇게 상태가 나빴던 심장은 의사 선생님이 고개를 갸웃거릴 만큼 회복되었고, 마침내 일상생활을 보낼 수 있을 만큼 좋아졌다. 이 상태라면 내년 봄부터 고등학교에 다니는 것도 꿈이 아니라고 했다.

"이제 공부 열심히 해야겠네."

출산을 위해 아빠보다 먼저 돌아온 엄마의 그 말에 분발해서 참고서도 주문했다. 그러고 보니 최근 병원에 갔을 때 드디어 아기의 성별을 알았다고 한다.

"계속 손으로 가리고 있어서 알 수가 없었거든. 그러더니 드디어 보여준 거야."

"남동생이야? 여동생이야?"

"어느 쪽일 것 같아?"

어느 쪽이든 건강하고 튼튼하게만 태어나주기만 하면 된다. 그래도 막상 성별을 물어본다면…….

"남동생!"

"정답!"

흐뭇하게 미소 짓는 엄마의 모습을 보며 나도 저절로 웃음이 지어졌다. 그래, 남동생이구나……. 언젠가 동생이 자라면 함께 드넓은 들판을 이리저리 뛰어다니고 싶다. 그날의 렌처럼…….

나는 언젠가 다가올 미래에 대해 이런저런 생각을 하며, 차오르는 눈물이 떨어지지 않도록 하늘을 올려다보았다. 끝없이 펼쳐진 푸른 하늘을.

그 신비로운 만남으로부터 어느새 일 년이란 시간이 흘렀다. 나는 지금 벚꽃이 흐드러진 벚나무 아래에 혼자 잠시 멈춰 서 있다.

"드디어 꽃이 피었어, 렌."

완전히 커져버린 그 벚나무는 올해 처음으로 꽃을 피웠다. 다른 나무에도 지지 않을 아름다운 꽃을. 벚나무 줄기에 가만히 손을 대본다. 그때처럼 맥이 뛰는 소리는 더 이상 들리지 않는다. 하지만 손에 전해지는 온기가, 나무가 살아 있음을 나에게 알려준다.

"있잖아, 렌. 나 고등학생이 됐어."

나는 책가방을 손에 든 채 교복 치마를 펄럭이며 한 바퀴 빙그르르 돈 다음, 벚나무에 말을 걸었다. 가방에 단 거북이 인형 열쇠고리도 기분 좋은 듯 뱅그르르 돈다. 그는 지금도 어디선가 나를 지켜봐 주고 있을까? "치마가 너무 짧은 거 아냐?" "그 열쇠고리는 가방에 달기에는 너무 큰 것 같은데" 하는 잔소리와 함께.

"후후……."

나는 작은 소리로 웃고, 눈가에 고인 눈물을 닦았다.

"렌도 이런 날 봤다면 좋았을 텐데."

그런 생각을 해봤자 이제 이루어질 수 없다는 건 알지만. 하지만 딱 한 번이라도 "잘 어울리네" "애썼어"라는 말을 듣고 싶었다.

"렌……."

이름을 부르자, 마치 나무가 대답하는 것처럼 꽃잎이 우수수 떨어졌다. "나 여기 있어"라고 말하는 것처럼.

"렌……."

……사실은 알고 있었다. 렌이 한 마지막 거짓말을. 아마도 그는 두 번 다시 내 앞에 모습을 나타내지 않을 것이다. 그것이 사신으로서 그의 마지막 일이었을 테니까.

하지만 렌과 약속했다. 행복해지겠다고. 듬뿍 사랑받으며, 렌이 살려 준 생명을 마지막 순간까지 힘껏 살아내겠다고.

"마히로!"

"이제 슬슬 가야지."

"앗……, 네!"

멀리서 나를 부르는 소리가 들려 뒤를 돌아보자, 엄마 아빠, 그리고 얼마 전에 태어난 동생의 모습이 보였다. 세 사람을 향해 대답하고 나는 다시 한 번 벚나무를 올려다보았다.

"렌. 나, 행복해질게."

벚나무를 껴안듯 가만히 팔을 두른다.

"그러니까 여기서 쭉 지켜봐 줘."

벚꽃이 하늘 높이 떠오른다. 벚꽃색으로 물든 하늘 저편에서 다정한 나의 사신 씨가 미소 짓고 있는 것처럼.

에필로그
안녕, 언젠가 다시 만날 날까지

"드디어 퇴원이네."

나는 침대에 드러누워서 조금 전 주치의에게 들은 이야기를 생각하고 있었다. 언제 불렀는지 부모님도 나란히 와서는 내게 퇴원이 결정됐다고 말했다. 그 소식을 듣고 마냥 기뻐할 만큼 나는 어린아이가 아니었다.

"야나기 씨. 저 앞으로 얼마나 더 살 수 있어요?"

"무, 무슨 소리 하는 거야? 선생님이 그러셨잖아. 렌, 너는 이제 퇴원하는 거야."

혈압을 재려던 담당 간호사 야나기 씨는 순간 놀란 표정을 짓더니 당황하며 그렇게 말했다.

"네, 그건 알아요. 하지만 다 나았다는 뜻은 아니잖아요?"

"그건……."

"……아니에요, 괜찮아요. 괜한 걸 물어서 미안해요."

딱히 야나기 씨를 난처하게 하려는 건 아니다. 다만 사실을 알고 싶었을 뿐.

"렌!"

야나기 씨의 목소리를 무시하고, 나는 병실을 뛰쳐나갔다. 내가 향한 곳은 조금 전까지 있었던 주치의의 방. 부모님은 아직 그곳에서 선생님의 설명을 듣고 있을 것이다. 그 방 앞에 도착해 문 앞에 서자, 안에서 말하는 목소리가 새어나와 들렸다.

"앞으로 얼마나 버틸 수 있을지는 본인의 체력에 달렸습니다. 다만, 더 이상 병원에서 치료하는 것보다는 집으로 돌아가서 좋아하는 일을 하면서 남은 시간을 보내는 편이 좋을 것 같군요……."

"흑……."

안에서 어머니가 흐느끼는 소리가 들려온다. 각오를 하고 왔는데도, 충격은 생각보다 크게 다가왔다. 손이 떨리고, 눈물이 흐를 것 같은 것을 필사적으로 참는다. 그런 내 팔을 누군가가 잡았다.

"렌? 왜 그래? 야나기 씨가 찾던데."

"마히로……. 아니야, 아무것도. 알려줘서 고마워."

서둘러 눈가에 맺힌 눈물을 닦는 내게 태평한 미소를 짓는 마히로. 그 미소를 보니 가슴이 아프다. 귀엽고 사랑스럽고 소중한 마히로. 슬프고 힘들어도 함께 버텨왔는데, 내가 죽으면 마히로는 어떡하지? 이 아이가 살아갈 기력까지 내가 빼앗아버리는 게 아닐까.

"렌?"

그런 건 싫다.

“있잖아, 마히로. 나, 퇴원하기로 했어. 선생님 말로는 이번에 퇴원하면 내 병원 생활도 끝이래.”

“정말? 잘 됐다! 진짜 잘됐다, 렌.”

내 말에 눈물을 흘리며 기뻐하는 마히로를 보자 죄책감이 들었다. 하지만 이제 나에게 남은 시간이 얼마 없는 거라면, 절대 그것만은 마히로가 모르게 하고 싶다. 나는 엉겁결에 목을 만지며 마히로에게 웃어 보였다.

“또 만나러 올게, 꼭 만나러 올 테니까. 그때까지 마히로도 치료 잘 받아.”

“……응. 건강해져서 우리 꼭 그 벚꽃이 피는 거 보자.”

그 벚꽃이 필 무렵이면 아마도 나는 이 세상에 없을 것이다. 하지만 그 사실을 마히로가 알아선 안 된다. 나를 생각하며 희망을 품고 적극적으로 힘을 내준다면 그걸로 충분하다.

“약속하는 거야.”

“응, 약속.”

나는 마히로와 새끼손가락을 걸고 약속했다. 결코 지킬 수 없는 약속을.

마히로를 병실로 돌려보내고, 나는 문을 열었다. 내가 다시 돌아와 의사도 부모님도 놀란 눈치였다.

"무슨 일이니?"

"……저 이제 곧 죽는 거죠?"

내 말에 세 사람이 숨을 삼키고 있는 걸 알았다. 하지만 그런 건 아랑곳하지 않고 나는 이어서 말했다.

"방금 하신 얘기 들었어요. 하지만 그건 아무래도 상관없어요. 어찌할 수 없는 일이 있다는 걸 저도 알고 있고, 이젠 단념했어요. 그런데 딱 하나 부탁하고 싶은 것이 있어요."

"부탁?"

"제가 죽더라도, 그 사실을 마히로에게 알리지 않았으면 좋겠어요. 제가 어딘가에서 건강하게 지내고 있다고 그렇게 생각하는 것만으로도 마히로에게는 살아갈 희망이 될 거예요. 제가 죽었다는 걸 알고 만약 마히로가 삶의 희망을 잃는다면 저는……, 저는……!"

조금도 울 생각이 없었는데, 어느새 흘러넘친 눈물이 내 뺨을 타고 떨어진다. 부끄럽다. 이런 건 왠지 어린애가 떼쓰는 거 같잖아.

"……알았어."

내 바람이 닿았는지 의사 선생님은 상냥한 목소리로 그렇게 말했다.

"렌에게 만에 하나 그런 일이 생기더라도 우리는 마히로에게 그 사실을 전하지 않을게. 그럼 되는 거지?"

"네. 혹시 마히로가 물어보면 외국에서 건강하게 지내고 있다고, 그렇게 전해주세요."

"……그걸로 정말 괜찮은 거지?"

"네."

마히로가 내 죽음을 알고 슬픔에 빠질 거라면 차라리 나 같은 건 잊고 웃으며 지내길 바란다. 마히로가 웃는 것이 나에겐 무엇보다 소중한 일이니까.

며칠 뒤, 나는 집으로 돌아왔다. 입원하기 전과 변함이 없는 방을 보니, 어머니가 매일 청소를 하셨구나 하는 생각이 들었다. 그런데 이런 식으로 퇴원하게 돼서 면목이 없다.

슬픔을 감추고 웃고 있는 어머니의 모습에 가슴이 아파서, 나는 잠시 나갔다 오겠다고 하고 집을 나왔다. 그렇다고 해도 딱히 갈 곳도 없다. 입퇴원을 반복한 탓에 가볍게 놀자고 할 만한 동네 친구도 없다. 정처 없이 걷다 보니 작은 게임센터가 보였다.

"아, 이거."

사진 찍는 기계를 발견하고 나는 발걸음을 멈췄다. 순정만화를 읽던 마히로가 언젠가 같이 찍어보고 싶다고 했었지. 그런 사소한 바람조차도 나는 더 이상 들어줄 수가 없다. 그 기계에서 눈을 돌리자, 어린 여자아이가 인형 뽑기 기계 앞에서 봉제 인형을 바라보고 있었다.

"이거 갖고 싶니?"

갑자기 말을 건 날 보며 순간 놀란 것 같더니, 여자아이는 살짝 고개를 끄덕였다. 주머니에 있던 동전을 넣고 집게를 조작하자, 인형이 걸려서 데구르르 굴러떨어졌다.

"와, 오빠 대단하다!"

"고마워. 자, 이거 줄게."

"그래도 돼?"

아이가 기뻐하는 모습에 마히로의 모습이 겹쳐 보였다. 이렇게 마히로가 기뻐하는 모습을 보고 싶었는데. 마히로와 많은 시간을 보내고 싶었다.

흐를 것 같은 눈물을 꾹 참고, 나는 집으로 돌아왔다. 나른함을 느끼며 방으로 향하는 내 모습을 어머니가 걱정스러운 듯 바라보고 있었다.

"앞으로 얼마나 살 수 있을까."

나는 해가 지고 캄캄해진 방안 침대에 드러누운 채 중얼거렸다. 그런 건 아무도 모를 텐데. 자조 섞인 웃음이 새어나오는 그때, 귓가에 그 말이 들렸다.

"너는 오늘 죽을 거야."

"누구야!"

나 외에 아무도 없어야 할 방에서, 그 녀석은 나에게 말했다. 캄캄한 어둠 속에 어렴풋이 떠오른 것은 창가에 앉은 누군가의 모습이었다.

"나? 나는 사신이야. 네 영혼을 가지러 왔어."

롱코트를 입은 그 녀석은 폴짝 뛰어내리더니 나에게 다가왔다. 그러고는 주머니에서 수첩 같은 것을 꺼내더니 내게 말했다.

"시이나 렌, 십육 세. 네 영혼을 가지러 왔어. 너는 오늘 죽을 거야. 그 대신 무엇이든 세 가지 소원을 들어줄게."

"사신?"

그 녀석이 진짜 사신인지 아닌지는 아무래도 상관없었다. 만약 정말로 이제 곧 죽을 내 목숨과 바꿔서 소원을 들어주는 거라면.

"마히로의 병을 고쳐줘!"

"그건 어려워. 사신이 들어줄 수 있는 소원이란 건 소소한 것뿐이야. 인간의 생사에 관련된 것은 들어줄 수 없어."

"그럼, 마히로의 병을 낫게 할 약을 만들어 달라는 건?"

"그것도 무리."

어떤 소원이든 들어주겠다고 했으면서 막상 아무것도 못 하는 거잖아. 그러다 내 머릿속에 한 가지 생각이 떠올랐다.

"뭐 하나 물어봐도 돼? 사람이 죽을 때는 반드시 사신이 찾아와?"

"그렇지."

"당신이 죽었을 때도 그랬어?"

"어."

그렇다면 이 자는 원래 인간이었다는 것이다. 인간이 죽어서 사신이 될 수 있다면.

"그럼, 내 소원은 사신이 되는 거야. 사신이 되어서 마히로가 죽을 때 내가 영혼을 가지러 갈게. 그리고 마히로의 소원을 들어주고 싶어."

내 말에 사신은 잠시 생각하듯 말이 없더니, 마침내 입을 열었다.

"한 가지는 정정해둘게."

"어?"

"마히로라는 아이의 '살고 싶다'라는 소원을 들어주는 것으로."

"좋아. 나는 마히로가 오래 살아줬으면 좋겠어. 살고 싶다고, 그렇게 소망했으면 좋겠어. 그 소원을 들어주고 싶어."

사신은 고개를 끄덕이는 내 앞에서 조금 전의 그 수첩을 펼치더니 무언가를 적었다. 필기가 끝남과 동시에 나는 몸의 힘이 빠져가는 것을 느꼈다. 내 의지와는 상관없이 그대로 침대에 쓰러진다.

이렇게 마지막에 집으로 돌아올 수 있어서 다행이다. 부모님과 마지막 시간을 보낼 수 있었다. 다만 딱 하나 미련이 있다면 마히로와 함께 그 벚꽃이 피는 모습을 보지 못한 것이다.

"괜찮아, 너는 한 번 더 그 아이를 만나러 갈 수 있으니까."

의식이 사라지기 직전, 사신이 그렇게 나직이 하는 말이 들린 것 같았다.

나는 후드를 깊숙이 눌러 쓰고, 얼굴이 보이지 않는다는 것을 확인하고 아직 꽃봉오리 하나 없는 벚나무에서 하늘로 날아올랐다. 기다려, 마히로. 내가 꼭 너를 살릴 테니까.

"……누구야?"

"처음 뵙겠습니다, 저는 사신이에요. 당신의 영혼을 거두러 왔습니다."

작가의 말

안녕하세요, 모치즈키 쿠라게입니다. 『다정한 사신은 너를 위한 거짓말을 할 거야』를 읽어주셔서 감사합니다. 이 작품은, 모든 것을 체념하고 삶의 희망을 잃어버린 소녀 마히로와 다정한 거짓말쟁이이자 실은 마히로를 진심으로 좋아하는 사신의 안타까운 사랑 이야기입니다.

살짝 스포일러가 될 것 같은데, 이 이야기를 쓰려고 처음 구상했을 때 떠오른 것은 홀로 병실에 있는 마히로에게 사신이 찾아오는 첫 장면과 마지막 벚나무 장면이었습니다. 마히로가 사신과 보낸 나날들은 긴 인생으로 비추어본다면 무척 짧은 순간입니다. 하지만 마히로에게는 분명 평생 마음에 간직하고 살아갈 순간이 되었을 거라고 생각해요.

마침 이 후기를 쓰고 있는 시기가 벚꽃이 만개한 때라 벚나무를 볼 때마다 그런 생각이 들었습니다. 마히로는 사신 씨를, 그리고 렌을 떠올리겠지 하고요. 벚꽃이 피면 이별, 그리고 만남이 찾아옵니다. 마히로에게 찾아온 렌과의 이별, 그리고 사신 씨와의 만남과 이별까지. 하지만 그 이별들이 슬프기만 한 것이 아니라 언젠가 미래를 향해 나아갈 수 있는 양분이 되었으면 좋겠다고 생각합니다.

그럼 마지막으로, 감사의 말씀을. 이 작품을 '가쿠요무×마법의 i랜드 콘테스트'의 특별상으로 선정해주신 비즈로그 문고 편집부 여러분 대단히 감사합니다. 원고를 수정하면서 많은 조언을 해주신 담당 편집자 Y님, 제가 많이 귀찮게 해드렸는데 한결같이 끈기 있게 대해주셔서 감사했습니다. 그리고 『이 세계에서 너와 두 번째 첫사랑을』에 이어 이번에도 멋진 표지 그림을 맡아주신 나나카와 님, 근사한 일러스트를 그려주셔서 정말 감사합니다. 마히로와 사신, 둘 다 제가 떠올린 이미지 그대로라 감격했습니다! 그리고 늘 곁에서 응원해주는 친구들. 항상 받기만 하고 제대로 돌려주지 못할 때가 많지만 여러분 덕분에 힘을 낼 수 있답니다. 고마워요. 또 즐겁게 수다를 나눕시다!

그리고 무엇보다도 지금 이 책을 손에 들어주신 독자 여러분, 진심으로 감사의 말씀을 드립니다. 수없이 많은 책 중에서 이 책을 읽어주셔서 감사합니다. 마히로와 사신의 만남이 여러분에게 의미 있는 이야기가 되기를 바랍니다.

언젠가 여러분과 다시 만날 수 있기를 진심으로 소망하며.

모치즈키 쿠라게